RIE
QUDAN

SYMPATHY
TOWER
TOKYO

# 東京都同情塔

トーキョートドージョートー

九段理江 著

王華懋 譯

# 目次

推薦序

# 以語言砌成一座高塔

盛浩偉

「語言是存有的居所。」

——海德格，〈人文主義書信〉

「打開門並不一定就有房間／有窗戶不能說就會有室內／不能說那裡就有人類或生或死的空間」

——田村隆一，〈人類的家〉

記得多年前曾在臉書上轉貼過一則日本新聞，獲得了不小的迴響。該新聞報導：日本的蠟筆、色鉛筆產業界皆改以「淡橙色」（うすだいだい色）取代過去慣用的「膚色」（肌色），原因是所謂「膚色」隱含了種族主義的觀點，並非所有人種的膚色都呈現同樣的粉嫩、紅潤貌，且對於深棕、黝黑、偏黃的肌膚則可能造成貶抑或排除的效應。除了這則新聞，還有很多類似的案例，比如在日本，對於視障者的稱呼，目前正式稱「視覺障害者」，或是親和一點會直稱為「眼睛不自由的人」（目の不自由な人），相對地，稱「盲人」可能就不那麼友善，而稱「瞎子」（めくら）則完全是歧視用詞了。當然，這種關注語言「政治正確」的風氣，當今的臺灣——尤其在網路討論的場合——也並不陌生。

然而，代換了詞語，終究並不等於改變了現實，更何況，在許多語言學概論都會提到，人類語言的特徵之一，就是「為不實語言的能力」，講得更直白些，凡是人言，必然會出現謊言、搪塞、心口不一的狀況。我想到的另個例子是，近年臺灣的日常及網路用語，逐漸受到中國用語影響——支持者謂之更精準生動，反對者則賤斥其為「支語」——其中，有一種說法叫做「搬運」，原本是指創作者將自己的同一支影片發布在不同的帳號與社群平臺上；但漸漸地，這個說法也開始用來指將他人的影片拷貝下載，再上傳到自己帳號的行為。其實，原本就有一個很接近詞彙可以用來指稱這種行為：剽竊。然而，「搬運」與「剽竊」，兩者所蘊含的語感天差地別，後者的控訴意味濃厚，或許還會讓人覺得小題大作，但前者過度的中性溫和，又會讓人忽視這行為當中的道德缺陷。

有趣的就在於，這裡所指稱的行為，其實是同一個，但選用不同的字詞，差別並不在於表達不同的語意，而是發語者如何藉此折射自己那顆藏身於其後的心。

九段理江《東京都同情塔》的一大核心，就是在探討上述這樣的問題。

小說設置了一個近未來的平行時空，在那裡，建築師札哈·哈蒂（Zaha Hadid）設計的新國立競技場已順利落成（現實中，札哈·哈蒂提出的設計案先是於二〇一二年獲選，卻因造型前衛與經費飆漲，故於二〇一五年遭到撤換，未能落成），且東京也於二〇二〇年順利召開奧運（現實中，該屆奧運則是因為新冠肺炎疫情，延後一年至二〇二一年舉行）。

時至小說開頭的二〇二六年，一座新型態的塔式住宅建築，也就是「Sympathy Tower Tokyo」，已確定要建造於新宿御苑，與札哈·

哈蒂設計的新國立競技場遙遙相對，形成新的城市地景。這座塔的建造，反映的則是一位社會學者、幸福學家瀨戶正樹大力提倡的思想，他認為，出於關懷弱勢以及對結構性成因的考量，犯罪者、受刑人應改稱「Homo miserabilis」，意即「值得同情的人」，以此減輕歧視，並讓罪犯有機會改過自新；而Sympathy Tower Tokyo／東京都同情塔，則是收容這些「值得同情的人」之處——若用我們這個時空的話語來講，就是「監獄」。

小說的主角，便是負責設計這座塔的建築師牧名沙羅。她對於這個設計案有何想法？對於「Sympathy Tower Tokyo／東京都同情塔」這個名稱，又有怎樣的思索？為什麼我們總是要刻意代換語言？而當建築蓋好之後，又會造成什麼後果及影響？小說家以這個饒負深意的故事，帶領讀者前後辯證反思，一起探尋種種可能。同時，熟悉文化理論的讀者，或也能從塔狀監獄的意象中，讀出一絲對全景敞視主義的翻轉與對話。

建築，乃人類物理上的落腳歸屬；語言，則是人類精神上的棲居處所。由此，「建築」與「語言」之間，本就潛藏著某種隱喻關聯。而在小說中，則設置了另一個重要的機關，也就是生成式ＡＩ，進一步連結語言與建築兩者。如今的生成式ＡＩ，是以網路上無盡的數據資料為基底，透過大量分析訓練與深度學習，最終用「看起來」與人類相似的方式表達；但實際上，它並不具備等同於人類意義上的「智慧」與「自主意識」。這也就是說，照目前的發展看來，生成式ＡＩ尚且無法創造性地替語言注入活力，相反地，它僅能操使已經被人類創造出來、廣為使用的語言材料，像是堆磚砌瓦般按照指令一層層積疊著內容——這樣的行為，不是也與「建造」有幾分雷同？無怪乎在小說中，要將這人工智能命名為AI-built了。

語言。建築。人類。人工智慧。小說的敘事在四者之間擺盪迴響。而在故事之外亦可蛇足一筆：作者九段理江以這本小說獲得第一百七十屆芥川獎的殊榮，她並在記者會上公開表示小說中大約有百分之五的內容是透過ChatGPT等生成式ＡＩ寫成，一時大受矚目，掀起討論風波。只是，不久之後的另一篇報導中，九段理江修正了當時過於倉促誇大的數字，表示全書以ＡＩ生成的部分實際上並不及一頁，只有在小說中人物使用ＡＩ之處，才加以參考。然而無論如何，作者這番邁向新時代的創作宣言，與傳統悠久的正典文學獎項，兩種相反的向量已然拉開了劇烈的張力，也回過頭來，與書中對近未來發展的想像與反思形成對照。

（本文作者為作家）

推薦序

# 將囚犯關進高塔被世人同情的思想實驗

沐羽

《東京都同情塔》是一部探討人如何被各種各樣事物取代的小說，在纏繞的敘事結構底下，我們可以辨認出三個重點：生成式AI、政治正確、語言。在小說獲得一七〇屆芥川賞時，作者九段理江表示「這篇小說有百分之五左右由AI寫成」，馬上惹來社會大眾譁然反彈，可想而知是「AI寫小說的怎麼可以得文學獎」諸如此類。這裡其實直接就反映了一種矛盾：人類恐懼被取代（而有什麼比起嚴肅小說家，象徵個人艱苦創作的形象被取代更能代表AI的全面勝利），與此同時，科技進步的速度迅捷得不可思議，我們不得不勉強與那些即將取代我們的事物合作。

不過時隔一個月後，九段理江就撰文表示，ＡＩ的部分其實不夠百分之五。而我們在閱讀過程當中，也看到只不過是小說角色把一些關鍵詞丟給ChatGPT，然後把它的回應複製貼上而已。真是行銷聖手，就好像我可以去維基百科複製一堆資料，然後說我的書有百分之五是集體創作那樣……然而《東京都同情塔》所表現出來的焦慮，遠遠多於ＡＩ，在九段理江眼中，取代人類的事物早就誕生了，甚至存在於日語這個混合的語言之中。

在生成式ＡＩ面世並且撼動我們的世界的那幾個月內，各種各樣的論述如若連鎖反應般轟炸我們的大腦，包括專家學者會將ＡＩ跟蒸汽機、福特主義、資本主義剝削等，連結起來比對科技發展即將怎樣取代人類，比如定義它是不知道第幾次科學革命等等，大規模失業與產業轉型諸如此類。如此看來，《東京都同情塔》的主題絕不新鮮，只不過我們要記得，ＡＩ只不過是讓這部小說爆紅的一點而已，九段理江將三個重點混合描述，故事就像一座巨塔那般拔地而起。有時候文學故事的推進並不是原創地單點突破，反而是組合結構讓人深陷更龐大的漩渦當中。

《東京都同情塔》的故事座落在一個平行時空。今年秋季我剛好到了東京旅遊，由於前一晚與朋友喝太多的緣故，我決定散步直到不再頭痛為止。我從新宿站下車吃了一碗雲南米線稍解宿醉，走了十分鐘逛進新宿御苑，在日式庭園與法式庭園曬曬太陽後，再走二十分鐘抵達國立競技場。這座競技場由建築師隈研吾的團隊操刀，在二〇一六年動工，趕於二〇二〇年東京奧運啟用。站在這棟建築前，我心想，不知道是不是因為我頭痛，還真看不出什麼特色來。

而小說提供了我一個替代方案，在書裡，東京競技場沒有因為像我們這條時間線那樣，由於預算超支而把設計方案交給隈研吾。與此相反，它維持原有計畫，執行了札哈．哈蒂天價預算的設計方案。《東京都同情塔》對它的形容，是「壓倒性的美麗」。至於不太美麗的部分，就是在這個平行時空裡，奧運並沒有因為疫情推遲一年，結果爆發群聚感染。

距離這座競技場一公里以外的新宿御苑，就是小說故事的主舞臺了。書裡一名高舉幸福與平等的學者倡議要在這座絕美的花園裡興建一座監獄，然而監獄與犯罪等等的用詞實在過於歧視，也漠視了出生的不平等因素。於是，既然控制語言就能控制人的思想，這位學者決定將監獄更名為同情塔，將犯罪者更名為「Homo miserabilis」，將獄警更名為「Supporter」，將囚禁更名為生活，將剝奪自由更名為幸福。最可怕的就是，這座塔居然還真的蓋好了，這就是理想主義者能動用巨額稅金的下場，他們要麼成為聖人，但絕大部分都是惡魔。

而《東京都同情塔》的主角，就是這座塔的設計師牧名沙羅。她與其他數名角色也共享著一種卡通速寫般的質地——由於這部小說是思想實驗，便宜行事是一種敘事優點——這位高舉理性與建築美的女性，時常被腦海裡的思緒侵擾。小說沿著她的思緒翻滾前進。比如說，為什麼這座東京都同情塔要叫作Sympathy Tower Tokyo？又為什麼要用片假名來稱為シンパシータワートーキョー？明明平假名已經可以發音了。在這裡，牧名沙羅首先遭遇了第一層的取代：外來語壓倒本地語言，彷彿拉開了階級差距。明明是塔（とう），但不知怎的要叫作タワー。書裡寫道，這是「因為日本人想要拋棄日語」。

隨著這種語言本質上的取代，牧名沙羅抵達了第二層的取代：政治正確的取代。就如若監獄不能再叫監獄，要叫同情塔，犯罪者不能叫犯罪者，要堆砌一個拉丁語來稱呼他們。她的腦海裡時常出現一位政治正確警察，讓她在發言前不得不再三思考會不會冒犯別人。在這裡，《東京都同情塔》讓不想冒犯別人的特徵，折返到日本人不想造成他人困擾的教育上，以比喻來說，又蓋了一層樓。

沿著思想巨塔的電梯逐層而上，我們就抵達了爭議所在：生成式ＡＩ。在書裡反覆描繪的，是ＡＩ回應人類時絕對不會歧視，它一視同仁地將人類視為資訊，只是需要處理的事務之一。而有什麼比起監獄管理更適合採用ＡＩ？它不會冒犯人類，有求必應，而且沒有感情。而囚犯們由於經歷了語言的改造，甚至衣食無憂，還享有新宿御苑七十樓的無敵城市風景，簡直無欲無求。他們成為了一個景觀，所有人都可以盡情地同情他們了。至少這是幸福學家的原意。

我們可以看見，小說可以前往許多方向，這三層的取代就像一座四通八達的建築，其中的樓梯轉角，電梯暗房互相來往。人們的稅金被動用來蓋了一座監獄，而監獄裡的人過得比外面的人更好。又或說，剝奪了人的批判思考能力和自由，還給予他們更好的生理生活，這能算是一種同情嗎？《東京都同情塔》刻畫的是這樣一場思想實驗，它可能在思辨上會屢屢撞上死胡同，奈何三個議題撞在一起，我們難以辨認哪些只是表面，而深層的黑暗到底是什麼。

是思考。當故事最後的最後——毋須擔心劇透，《東京都同情塔》的情節一句到底，其實就是關於這座塔的各種思考——牧名沙羅以她卡通速寫般的思考想像自己究竟如何面對無處不在的取代焦慮時，她的答案，其實就像生成式ＡＩ面世那幾個月內的專家學者一樣。我們之所以還在，是因為我們仍然思考。我們擁有比ＡＩ更全面的思考，我們能夠代入政治不正確的思考，我們能夠代入平行時空，並設想人們仍有什麼可能。我們可以通過學習其他語言，知悉手上這套語言的侷限。我們可以在平地蓋一座塔，把競技場從無趣的木頭改造成幾千億的建築。我們擁有的是「為什麼」，而不是「如何」。又或回到主題，我們要知道「為什麼」要同情，而不是「如何」同情。

（本文作者為作家）

# 東京都同情塔

巴比倫塔重現大地。拔地而起的Sympathy Tower Tokyo[1]，將會混亂我們的語言，讓世界分崩離析。然而，這並非人類因建築技術進步而目空一切，妄想通天以致觸怒神明所衍生的混亂。每個人自以為是地濫用感性訴求，捏造、渲染、排除語言，最終，再也無人理解彼此所說的話。吐出口的每一句話，都成了他人難以理解的自言自語。自語自語席捲全世界。喜迎自言自語的盛世到來。

浴室刷洗得晶亮的黑磁磚牆面模糊地倒映出身體，我又看見了一個未來。建築師看得到未來。即使建築師內心毫無此意圖，未來也總是主動現身在建築師眼前。

Sympathy Tower Tokyo?

1 譯注：原文中，Sympathy Tower Tokyo是以英文音譯的片假名「シンパシータワートーキョー」來表記。日文中，外來語慣例上皆使用片假名來表音。

命名當然不在建築師的職權範疇內，況且即便有所質疑，建築師也沒有改名的權限。然而，水壓強勁的蓮蓬頭水花沖向整張臉的瞬間——

Sympathy Tower Tokyo

它的音、文字排列、意義，圍繞塔的權力結構，種種的一切都讓我耿耿於懷，再也無法回到最初的「塔」。

在這之前，它在我心中就只是單純的「塔」，恰如其分的稱呼。接到競圖案後，事務所內部也都只稱「那座塔」，而往後「塔」會被如何稱呼、出現如何驚世駭俗、震驚社會的候選名稱，都不關我的事。在我的內心，它就是單純的「塔」，無過與不及，「塔」已經牢牢在我的內心立起。我審慎評估後做出了選擇，「塔」就是「塔」，不具備更多的意義，我也絕不過問塔的興建案。參加競圖的條件，並不包括建築師是否同意塔的興建案。儘管如此，當「塔」突如其來地被「Sympathy Tower Tokyo」取代，它便像突然有了質量，而且黏膩地貼附在大腦的皺褶上。再強的水柱也沖不掉。根據過往經驗，這是相當不妙的徵兆。

真是有病。什麼有病？腦袋有病。不，說「腦袋」範圍太廣了嗎？不對，反而太窄。況且說「腦袋有病」，可能會被解讀成對精障人士的歧視。應該說「命名品味有問題」還差不多。那，是誰的命名品味？誰的命名品味有問題？日本人的。STOP，小心別開地圖炮。OK，那就是「知識分子」——明明我那上了鎖的腦袋無人能夠入侵，文字小警總卻自動自發地忙碌上工。不知不覺間已獨當一面的小警總讓我感到疲累，為了給自己充電，我突然渴望起算式來。算式擁有唯一的正確答案，不必為了數字的立場瞻前顧後，修改正確答案。

不禁深深地眷戀起數字作為世界共通語言的可信度及平等性。然而，浴室裡遍尋不著算式。浴室裡只有「Sympathy Tower Tokyo」、「巴比倫塔」、「知識分子」。

那麼，既然是「知識分子」齊聚一堂集思廣益，腦力激盪並充分討論後的結論，怎麼會蹦出一個語感猶如度假飯店的名稱來？居然反射性地暗叫不妙，看來我對這名稱果然還是抱持著負面心態。「負面」？如此輕描淡寫的字眼根本不足以形容。我的直覺呼天搶地地吶喊著：NO！我覺得Sympathy Tower Tokyo是不應該存在於這個世界的事物，我全身都在抗拒著Sympathy Tower Tokyo進入體內。沒錯，從剛才就覺得這感覺很像什麼——我覺得被強暴了。

長年來不覺得有必要挖掘出來的記憶，此刻被鋪排在蓮蓬頭噴出的白噪音隙縫間。我被強暴過。一個孔武有力的男人推倒了高中生的我的身體，強暴了我。不過，當時那個女孩，擁有和現在的我截然不同的好奇心、膚質與欲望，若將她和此時此刻的中年女建築師聯想在一起，未免過度扭曲現實。現在的我可是打死也不會穿半長不短的白襪和學生鞋。先以另一個名字稱呼她好了。個性單純，但喜歡數學，就叫她「數學少女」吧。數學少女遭人強暴，並主張「我被強暴了」，但強暴她的男人和聽她陳述的人都認定那「不是強暴」。他們舉證「不是強暴」的理由是，施以強暴的男人是數學少女的男友，是數學少女喜歡的對象，而且是數學少女主動邀請男人到家裡。數學少女沒有足夠的詞彙將喜歡的男人對她做出的行為描述成被世人認同的強暴，因此被認定為沒有被強暴。

這樣的我不可能明白真正的強暴受害人的痛苦。這樣的我沒有資格主張「我被強暴了」。這番發言過於輕率，缺乏對真正的強暴受害人的尊重。但就算要指責我表現得過於誇大，但就在這一瞬間，有個女人因為Sympathy Tower Tokyo這個詞彙感覺到被壓倒被侵犯被玷汙，也是千真萬確的事實。倘若哪天真的有個「不是我男友、我也不喜歡的男人」未經我的同意侵犯我，或許我會反省我此刻對肉體的感受錯得離譜。說不定當我了解真正的強暴受害人的痛，才擁有在公開場合抬頭挺胸地說「我被強暴了」的資格。與此同時，才可能以強暴受害者的身分，對Sympathy Tower Tokyo提出強悍且令人信服的異議。不對，如今完全沒必要再自討苦吃去當什麼真正的強暴受害者。成年以後，蹬著義大利跟鞋的我，擁有詞彙，也擁有智慧。換言之，只要將宣稱「沒有強暴我」的那個「我喜歡的男人」說成「我不喜歡的男人」，從這一刻起，讓「不是強暴」變成「是強暴」就行了。

可以吧？

本來想稍微淋浴沖去汗水就好，但也許是忽然覺得身體很髒，不知不覺間還洗了頭髮，搓洗全身每一個角落。到家後洗澡的時間，多半已是筋疲力盡的深夜，我通常像洗碗一樣制式地作業，在肌膚表面隨意抹上沐浴乳後沖去即算數。然而，在初次下榻的飯店浴室裡，沖澡成了刻意「淨化身體」的行動。蓮蓬頭可以切換成四段模式的水流。後來我連上蓮蓬頭品牌的官網，上面說「水霧模式」運用了最新科技Ultra Fine Bubble超微氣泡。一般蓮蓬頭的出水直徑是〇．三公厘，但搭載了超微氣泡科技的蓮蓬頭，出水直徑僅〇．〇〇〇〇一公厘，標榜「實現前所未見的超微細奈米氣泡」。這前所未見的微小泡泡能滲透肌膚角質層，不僅可吸附毛孔的汙垢，似乎還能加強頭髮與肌膚的保溼效果。

細緻的水霧撫過肌膚的柔軟觸感，督促人確認清洗身體的目的是清潔肉體，而清潔肉體，追根究柢就是清潔毛孔。具備衛生觀念的現代人都知道「刷牙」的本質不在於「刷」，而在於「去除牙垢」。比起拿牙刷刷洗牙齒表面，將精力放在拉取牙線穿過牙齦溝，刮去齒間累積的牙垢，更有助於預防牙周病和蛀牙。因此在口腔護理上，持續使用「刷牙」這種偏離事實的說法，並不利於下個世代的口腔衛生。不利於下個世代，也就是不利於未來。可至今仍未看到任何企圖改變這悲劇性現狀的行動，這是因為牙醫界懶得思考未來，還是牙醫界理想中的未來就是坐等飽受蛀牙折磨的病患增加，好維護自身利益？又是既得利益。那麼，喊得最大聲的是哪個團體？話說回來，你真的想要被清洗得那麼深入嗎？

對著沉默的毛孔反覆問題轟炸之後，思考再次轉向Sympathy Tower Tokyo。為什麼非是Sympathy Tower Tokyo不可？判定Sympathy

Tower Tokyo優於其他名稱的理由在哪裡？一邊拿毛巾擦乾身體，我得出了一個全然以偏蓋全的結論：

因為日本人想要拋棄日語。

日本人想要拋棄日語，不是今天才開始的事。一九五八年，「東京TOWER[2]」雀屏中選成為日本電波塔的暱稱，就是因為審查委員會裡那些痛恨日語的日本人。公開徵名活動中，得票最高的名稱是「昭和塔」，其他依序為「日本塔」、「和平塔」、「富士塔」、「世紀之塔」、「富士見塔」。然而，最終由得票排名第十三名的「東

2 譯注：一般譯為「東京鐵塔」，原文表記為「東京タワー」。為強調外來語的「TOWER」，此處採中英混合之譯詞。後述公開徵名的前幾順位名稱原文皆以漢字表記。

京TOWER」勝出，正是因為某位審查員一錘定音：「除了『東京TOWER』以外，沒有別的可能了。」假設依據公平的多數決，命名為「昭和塔」，如今那座黃紅白三色的高塔，肯定早已渾身上下散發出老舊落伍的氣息，猶如被時代拋棄的事物。昭和世代的人們也會視它為跟不上社會的象徵。可現今大多數日本人接受了「東京TOWER」這個名稱，也無法想像還能以「東京TOWER」之外的名字來稱呼它。可以說，當時那稱得上霸氣的決定值得喝采。民主主義沒有預測未來的能力。民主主義無法預見未來。

而我看得到未來。

我能宛如親眼目睹般，幻視到尚未發生的未來。不知情的人，會說這是天賦、是超能力、是藝術家的靈感，但這只是一種職業病。只要是設計過大型建案的建築師，每個人都患有相同的病症。經手的建築物規模愈龐大、對都市景觀的影響愈大，病情就愈嚴重。在構思一旦蓋下去就覆水難收的建築物時，要是仍悠哉地夢囈著「沒人知道未來會如何」這種話，還是回家洗洗睡吧。

以二次元的線條畫下幻視的階段，百分之九十九・九都還停留在二次元的世界。要真正「創造世界」，光是畫出幻視當然還不夠。要讓出現在建築師眼前的美麗幻象化為真實，需要同等的實務技術。也就是評估預算與工期、不以依附權力為恥，也要說外行人聽得懂的話，並編造幾個何以建築物非是這個形狀不可的理由。只要缺少其中任何一項技術，我現在肯定只能靠著繪製掛在美術館牆上的畫作糊口吧。但對我而言，那實在稱不上**現實**的工作。

「曾有人邀請我開個展，但我對繪畫不感興趣。我繪圖完全是為了激發構思建築物的靈感。我不想要只是看過情色作品，就自以為足夠了解女人。我想當個**現實**的女人——可以實際觸摸、能夠進出的女人。人們在我親手打造的建築物裡進進出出，那種感覺棒透了。」

有段時期，每當訪談中要求我說明繪圖與建築的不同時，我都會拋出這個隱喻。我這麼說既非刻意誇大，也毫不造作，而是恰如其分且充滿自信地表達出內心真實的想法。我認為要讓對方更直覺地理解我的工作內容，這算得上得體的答案。然而刊出的報導無一例外，這段話全被刪個精光，因此這五年來我就不再提了。可能是編輯認為這部分「不重要」、「不恰當」或「不有趣」，也可能是事務所的祕書考量到牧名沙羅的公眾形象，預先指示對方刪除。總而言之，他們的結論是，人們沒必要知道建築師牧名沙羅在蓋東西時，眼前究竟出現了什麼樣的未來。

拿著和蓮蓬頭相同品牌、一樣以保溼效果為賣點的吹風機吹乾頭髮後，我將帶來的瑜珈墊鋪在地毯上。我坐在墊子上，進行工作前儀式的加長版：皮拉提斯→唱完整首碧玉的〈Come to Me〉→打坐進行情色妄想→做三次拜日式壓抑妄想→緩慢唸誦三次自編的真言。「我是個軟弱的人。我明白我的軟弱。我可以完全控制我的欲望。能夠驅動我的，永遠來自於我的意志，我必須對我說的話、我的行動負起全責。」調整呼吸，強烈地觀想今天也能完美投入工作，然後翻開素描簿，將全副心思專注在空白上。

然而，浮上腦海的依然只有話語。無奈之下，我像要清空腦中的垃圾般將那些話全寫了出來。流浪漢＝ホームレス（Homeless）。放棄育兒＝ネグレクト（Neglect）。素食主義者＝ヴィーガン（Vegan）。性少數＝セクシャル・マイノリティ（Sexual minority）。看著這些從自

己手中寫出、卻不願相信是自己親筆寫的文字，令我噁心欲嘔。

我有自信比任何人素描得更正確，也是班上最快學會寫漢字的學生。但是寫起片假名，我再怎麼練習就是寫不好。連小學生和外國人都寫得比我好。事務所的同仁更批評「就像精神異常的連續獵奇殺人魔的筆跡」。我絕對沒辦法和發明片假名的人把酒言歡。片假名就是一條條毫無美感與尊嚴的乏味直線，內容空洞，卻身具「足以包容任何國家的語言」的厚顏無恥。我怎麼可能喜歡這種只要抽掉一根，就立刻垮散成一堆棒子的結構物。來自生理上的極度嫌惡，就這樣無可避免地扭曲了我的片假名字跡。幾年前在東京獨立開業時，要不是建築夥伴為了在國際競圖中容易辨識，強推「サラ・マキナ・アーキテクツ（SARA MAKINA Architect[3]）」這個名稱，我應該會將事務所取名為平凡的全漢字「牧名沙羅設計事務所」吧。我不想輕易增加書寫片假名的機會。

單親媽媽＝シングルマザー（Single mother）。伴侶＝パートナー（Partner）。非二元性別＝ノンバイナリー（Non-binary）。外籍勞工＝フォーリンワーカーズ（Foreign Workers）。身心障礙者＝ディファレントリー・エイブルド（Differently abled）。多重伴侶關係＝ポリアモリー（Polyamory）。犯罪者＝モホ・ミゼラビス（Homo miserabilis[4]）……我將這些猶如荒廢工寮的文字扔進冰涼的礦泉水，含在口中滾動著品味。

使用外來語替代原有的說法，有時單純是因為更容易發音或更簡略，有時則著眼於降低不平等或歧視的感受，以及語感上較委婉，不易引發衝突。不確定的時候，就先借個外國詞彙來擋一擋。神奇的

3 譯注：牧名沙羅的日文發音為MAKINA SARA。
4 編注：拉丁語中意為「不幸之人」。

是，通常都能圓滿地蒙混過去。

這麼說來——我想起設計埼玉音樂廳時的事。事務所內針對音樂廳空間設施的規畫提出各種方案時，我將設計圖中所有性別都能使用的廁所區域註記「全性別廁所」，檔案分享出去後，卻立刻被修改成「ジェンダーレストイレ」（Genderless toilet）。似乎是最年輕的助理修改的，她——當時是他——在Slack留言：「不合時宜，不夠嚴謹、洗練，而且不尊重當事人。」但我只是因為不想寫片假名，又為了和「男廁所」、「女廁所」統一，才使用「全性別廁所」罷了。導致我後來都得寫上長長的「ジェンダーレストイレ」，空間有限時，還得將一長串片假名寫成密密麻麻的。不過，相較於無性別者遭非其族類毫不尊重地歸類為「全性別」所遭受的痛苦，留意文字大小、忍耐著書寫討厭的片假名，根本算不上痛苦。不應該對此感到痛苦。從未猶豫過該走進哪一邊廁所的我，不論廁所採用怎樣的名稱，都不會為此受到傷害。不應該受到傷害。

那麼，「Sympathy Tower Tokyo」這名稱又如何？

我離開了無法攤平整本素描簿的飯店小書桌，躺到床上，無奈地深呼吸長嘆了一口氣。床上的筆電隨著呼吸傾斜，我召喚小警總，在腦內召開命名會議。總之得解決這個問題，否則實在無心工作。

比起——比方說「監獄塔」（我提供了一個可能的競爭候補名稱），這是更合時宜、更嚴謹、更洗練、更尊重當事人的命名嗎？站在平等的觀點，我不認為兩者有太大的差異。那麼，發音呢？「監獄塔」的音節更少[5]，也更朗朗上口，但終究只是感受的問題。說起感

5 譯注：監獄塔的日文原文為「刑務塔」，發音為Keimu-to。

受，漢字容易予人嚴肅的印象，用作地標的確少了幾分親切感。但考慮到建築物的用途，不就是該採用多少「嚴肅」點的名稱嗎？——甚至應該要更有「分量」、「威嚴」才對——這是身為昭和世代的我最直白的感想。說不定一九五八年當時生於大正、明治年間的日本人，也對「東京Tower」這個名稱有著類似的不協調感。那麼，這或許表示我對未來的預見還不夠充分吧。

對命名如此執拗地吹毛求疵，連我都感到很不尋常。畢竟我既非語言專家、文案大師，也絕非民族主義者。當然，我也沒有服刑中的友人。幸好——對於稱此為「幸好」，目前我還沒有任何疑慮——我這輩子奉公守法，從未接觸過任何犯罪或罪犯，對於這次的塔興建案，也並無明確的立場。我也不是非得將自己的觀點大肆公開在Twitter——「Twitter」好像改名了，現在叫什麼去了？——不可的意見領袖或知識分子那種人。在此脈絡下用「那種人」恰當嗎？不然要叫什麼？

總之，我所思考的是容器。容器的形狀、結構、材質、預算、工期。容器裡要放進什麼東西、注入什麼思想，那是別人的工作，是社會的問題。我是建築師，不需要管那麼寬。

話說回來，從單純的詞彙任意感受到輕重軟硬這些只存在於想像中的觸感，還覺得受到傷害，實在很不尋常。

「可憐的，
值得同情的，
Homo miserabilis。」

生平第一次說出口的詞彙。要是只論語感，我覺得並不差。起碼說出這個詞彙時，我的語感並沒有出現過敏反應。有些詞彙無關語境脈絡，就是讓人想要唸出來，「Homo miserabilis」八成就屬於這一類詞彙。若能沿用「犯罪者」自然是最好。但就算之後社會上全面改用「Homo miserabilis」，我也還應付得來。至少在公開場合上應該不至於吃螺絲，而且凡事愈快習慣愈好。各位可憐的、值得同情的，Homo miserabilis。

不過，為什麼是拉丁文？

**Sara：【使用拉丁文Homo miserabilis的原因】**

我伸手拉過筆電，切換同時顯示蓮蓬頭品牌官網首頁和Wikipedia「東京TOWER」詞條的頁面。我斜躺著以食指和中指在鍵盤上敲敲打打，對AI-built說話。

**AI-built：【「Homo miserabilis」是■】**

built立刻生成文字。就算不是問句，它也不會坐視不理，我就喜歡文字生成ＡＩ這一點。無論我輸入什麼內容，只要是文字就先反應再說。

ＡＩ以令人感動的努力堆砌出文字。

**AI-built：【Homo miserabilis是社會學家及幸福學家瀨戶正樹所提倡的一種新穎概念。瀨戶在著作《Homo miserabilis　值得同情的人們》一書中，對那些傳統上被視為「犯罪者」而受到歧視的人們，以及正在刑事機構服刑的受刑人、非行少年，表達出「可憐」、「悲慘」、「令人不忍」等充滿同情的立場，並將他們重新定義為「應該受到同情的群體」，亦即「Homo miserabilis」。此外，瀨戶將傳統意義上的非犯罪者定義為「Homo felix」，意為「幸福的人」、「受到祝福**

**的人」。瀨戶主張「Homo felix」有必要意識到自己的特權，並提供契機，讓人們思考社會地位和屬性所帶來的偏見與歧視。這些新的視角不僅促使人們對犯罪行為加以反思，更推動了整個社會的意識改革，是實現人人享有社會融合與福祉不可或缺的關鍵要素。《Homo miserabilis　值得同情的人們》一書獲得了年輕族群的支持，累計發行冊數[redacted]】**

沒有人發問，卻自作聰明地逐一解說，這種男性說教態度正是ＡＩ討人厭的地方。擺出一副得體的形象賣弄學問，只是為了掩飾它其實是個無可救藥的大文盲吧。學習能力再高超，ＡＩ仍少了面對自身缺陷的強大。ＡＩ太習慣於輕易竊取他人的文字，既不會質疑自己的無知，也不引以為恥。它對於人類在掌握「歧視」一詞的過程中，經歷了怎樣的痛苦絲毫不感興趣。ＡＩ無法擁有好奇心。它沒有「想要知道」的欲望。

我相信它會盡快想起我的問題，等著它將回答拉回正軌。然而那傲慢的態度逐漸讓我忍無可忍，沒等到文字生成完畢就想關閉畫面。但我還是難以釋然，追問了一句。

**Sara：【你知道你是個文盲嗎？】**

**AI-built：【不，我是以文字為基礎進行資訊處理的人工智慧模型，因此並非文盲。**

**而且「文盲」一詞是歧視用語，可能帶有侮辱或輕視的意思，也可能因此傷害對方，應該避免使用。我們必須避免因為使用這個詞彙，表現出輕視他人的能力或知識，以及不尊重的態度。對於識字量不足的情況，不應採取歧視的態度，而應透過提供教育和機會來提升識字率。要解決識字量不足的問題，提供適當的支援和資源非常重**

**要。我們必須致力於促進不帶歧視的溝通。】**

**Sara：【為什麼？】**

**AI-built：【因為不帶歧視的溝通能促進共感、同理與合作，也是創造更為包容與幸福的社會的重要步驟。■】**

即使製造了滿桌的橡皮擦屑，依然擠不出半點靈感，約好的晚上六點已經到了。我換上外出服，搭電梯到大廳，拓人獨占了一張兩、三人座的沙發，上身斜斜靠著，頭上戴著一頂布面散發光澤的黑色鴨舌帽，帽簷壓得極低，就像個情緒不佳的藝人，周遭散發出「別來煩我」的氣場，這副模樣讓我覺得頗為新奇。

「我想吐。」拓人抬起頭。白皙的肌膚上不見半顆痘子或雀斑，彷彿剛脫毛完畢般閃亮動人。

「居然熱成這樣，太奇怪了。這種地方還辦過奧運，真不敢相信。」

「啊，對不起。」不知為何，我下意識地道歉，彷彿成了熱爆了的東京代言人。

這是我第三次和拓人見面。第一次是在北青山的餐廳，第二次是在他住的公寓附近，一家客人擠得像尖峰時刻電車般的烤雞串店。在這兩家店，他從頭到尾都維持著抬頭挺胸的姿勢、柔和而無懈可擊的微笑，以及溫文有禮的措辭。他沒有卸下在表參道門市上班時「接待模式」的彬彬有禮，似乎已自然到連「維持」的自覺都沒有。總是抬頭挺胸，也是為了避免高級襯衫壓出縐褶吧。他的私服中也有不少任職品牌的衣飾，那是一家老字號的高級品牌，品牌名稱就是創始人的義大利姓名，一件襯衫的均價在八萬圓到十二萬圓之間。拓人連睡衣都不將就。他並非崇尚名牌，挑選衣物的基準似乎在於能否對設計師感到尊敬，或實際穿上身能否提升自我肯定感。他的生活方式、時間與金錢純粹用來呵護自己的身心，而非獲得外界肯定。而我之所以在意起蓮蓬頭的種類，顯然也是受到這位比我小上十五歲的新朋友的影響。

「真可憐。中暑了嗎？」

我將手放在他小巧的頭上。即使隔著帽子和頭髮，掌心也能感覺到那頭蓋骨完美的曲線。被我觸碰時，他看起來不排斥，卻也沒有露出開心的神色。

「可能吧。剛從新宿站穿過御苑走過來。有遊行，人超多。」

「遊行？」

「抗議蓋塔的遊行。」

「哦。」

我望向入口的自動門。這裡距離御苑徒步只要五分鐘，但遊行的喧囂並未傳進飯店裡。我想要對遊行發表些看法，但內在小警總又騷動了起來，一時無法好好整理思緒。

「消耗體力和時間，還有假日，在豔陽高照的天氣跑來這麼髒亂的地方，不惜揮汗參加遊行，這些人和那些不遊行的人，有什麼不一樣呢？」拓人說。

「不曉得，只差在相不相信自己的行動可以改變現實吧？」我隨口回應，隨即改變話題。「我訂了青山的餐廳，要不要取消？就在大廳休息，還是……你覺得如何？去客房的床上躺一下也行。我不是訂單人房，有兩張床。」

「方便嗎？」

他低聲問道。幽幽的肥皂香掠過鼻頭。不是我用的飯店洗髮精或沐浴乳的香味。不論是盛夏或任何時候，拓人全身總是散發出彷彿剛出浴般淡淡的清爽感，令人讚嘆。那並不刻意，而是似有若無，不著痕跡，透露出極度自律的認真生活。在我二十二歲那年紀，身邊可沒有半個男生有他這樣的清爽感。

「方便啊。我剛沖過澡，也不太想出門。你可以去房間沖個冷水澡。浴室裡還有像是名模用的那種蓮蓬頭，會冒出你前所未見的超微細泡沫……可以將你的身體帶往前所未見的衛生高度。」

「你說什麼？我沒聽清楚。」

我沒有回答，拎起他的包包，就要往電梯走。但他沒有站起來，拇指抵在下顎骨凹陷處，彷彿正在精挑細選準備說出口的話。我觀察著他的側臉，心裡想著「真的好美」，在腦中素描著那輪廓，等待接下來的發展。

他不曉得我正在腦海中形塑著他的耳朵，眼珠子往上飄向我，「欸」了一聲。他對於像這樣盯著別人的眼睛，或是被對方同樣盯著看，完全不感到排斥。

「我想我一進房間就會倒在床上。但希望妳不要誤會。」

「誤會？誤會什麼？」

「我不希望妳以為我是那種剛見面，就不顧對方，我行我素的人。」

「怎麼可能？」意料之外的回答惹得我發笑。「身體都不舒服了，還在意那點小事做什麼？好奇怪。」

「我並不希望讓人覺得我不懂得拿捏與別人的距離感。」

「也太纖細了吧？真是……現在的小孩都這樣嗎？」

「應該吧。至少比起自信十足的建築師小姐，我要擔心的事太多了。像是害怕讓對方不開心、或感到困擾，這種情況下哪裡敢向店員搭訕呢。」

「『不對』。欸，我得先坦白一件事，我的腦袋裡住著一個吵死人的小警總，那傢伙聽到『搭訕』這個詞立刻高喊『不對』。我可以稍微訂正，好讓那傢伙閉嘴嗎？」

我幼稚地反駁著。

拓人冷靜地同意：「當然可以。」

我盡可能忠實地在腦中重播一個月前初次見到拓人時的場景。

表參道。傍晚。我透過耳機和事務所的助理通話，一邊往和青山大道交叉的路口走去。這時視野一隅驀然竄出人影，擋住了我的去路。是一對年紀相差了至少二十歲的男女，貌似名流，交談時說中文，抱著印有品牌名稱的購物袋。店員送客到店門口，向兩人深深行禮。敞開的店門流瀉出冷氣的風，撫過我的臉頰，我朝冰涼空氣的來源瞄了一眼。櫥窗。玻璃內的人影。一個正要褪下人形模特兒身上的外套、造型卻比人形模特兒要俊秀太多的年輕男子。他的輪廓引得我佇足。他的輪廓改變了我的腳行進的方向。我的心激烈地波瀾大作。我毫無道理地嫉妒起他觸碰的無臉人形模特兒。「我這裡發生了必須火速解決的問題，不能再講了。」我對助理匆匆丟下這句話，就切斷通話。

數秒後，我站在店內巨大的鏡子前，眼前是置身於涼爽的奢華空間、看起來比實際形象要寒酸三、四倍的女人。我在店內物色陳列的商品，伸出手以觸感仔細鑑定那些雖然並非完全買不起、但實在不覺得價格合理的精品，終於，我找到了一雙花二十二萬還算甘願的跟鞋。我直接掠過附近的兩名店員，四處尋找剛才在櫥窗裡的他。找到了。不好意思，先生，我想要這雙鞋的三十七號。謝謝您，我立刻為您查詢，請稍坐片刻。等待。其實他不用去拿三十七號的鞋也沒關係，但他當然還是拿了三十七號的鞋回來。他在我的腳邊跪下，為我穿上鞋子。我從那雙手想像那包覆、保護他全身的肌膚質地。

我從未向任何人透露過我有著遠遠甩開社會共識的癖好。我認為身為陸地生物的人類是一種「會思考的建築物」、「獨立行走的塔」。而這名年輕店員的輪廓與質地，無限接近我想像人類作為建築物的輪廓與質地時所追求的正確答案。我的內心甚至對那生下了他、未曾謀面的女人升起無比的敬意。那是靠個人的努力、財力，還是最先進的科技都無法誕生之物。我想為那座建築的存在，以及它在未來數十年內只要沒有發生致命錯誤便能兀自佇立的這個奇蹟，支付應有的對價。我相信這才是最正確的用錢之道。結帳。信用卡。密碼。收據。讓您久等了，我在出口等您。我暫時背對這理想的建築物。我是個軟弱的人。我明白我的軟弱。我可以完全控制我的欲望。我徒具形式地唸誦著真言，只為了製造「我沒有忘記唸誦真言」這個事實而唸誦。然而，我依然克制不了向對方開口的欲望。對了，如果有個像我這樣的女人，而那個女人邀你吃飯，你會怎麼答覆？

「首先，那是經過深思熟慮的搭訕。」我回想著當時的心情解釋。「而深思熟慮的搭訕其實不叫搭訕，正確來說是『邀請約會』。或許那樣的邀約稱不上優雅，但事實就是如此。『牧名沙羅是個自信十足的建築師嗎？』YES。『牧名沙羅不在乎他人的眼光嗎？』NO、NO、NO。『上班時被一名噁心的歐巴桑客人約吃飯（笑）』，查了信用卡姓名，原來是叫牧名沙羅的建築師』，我也不是沒想過被附上照片公開在網上的未來。我看得到未來。但我仍鼓起勇氣。雖然看見了失去許多事物的未來，但我認為那是應該鼓起勇氣的時刻，所以我開口了。也就是說，『透過不懈的努力，在後天建立起自信的建築師，儘管在乎他人的眼光，還是鼓起勇氣向魅力十足的店員提出邀約。』這才是你應該知道的事實。」

「簡直像機關槍一樣，沒聽清楚吔。」拓人那猶如人形模特兒般光潔的臉上，擠出了遠比人形模特兒可愛的皺紋。

我會訂這家飯店，是因為這裡是可以從南邊最近距離眺望新宿御苑的建築物。內裝稱不上多豪華，卻是都心裡難得客房附陽臺的飯店，實際住下後，我也十分滿意。要是能在宜人的季節入住，在微風徐徐的陽臺上用早餐，肯定很舒服，但這時期還太熱，實在不會想這麼做。格局乍看之下很簡單，並無特別的設計，但從照明、家具、浴室蓮蓬頭的講究，都能看出無微不至的用心。

而訂不到單人房、只好訂了雙人房的決定，卻成了意外的驚喜。因為我訂到的是兩面採光的邊間，不僅可以從室內近距離欣賞國立競技場和御苑，而且距離近到幾乎能辨別在環繞外圍、曲線流麗的空中步道上漫步的人們的衣著顏色，甚至性別。要欣賞國立競技場的外觀，我實在想不到還有比這裡更好的貴賓席。

拓人在床上休息的兩小時內，我獨自喝著啤酒，陶醉地沉浸在夕暮時分晚霞瞬息萬變的競技場屋頂風光。我感覺自己幾乎要和那屋頂融為一體。我對於所謂的能量景點毫無興趣，也覺得自己缺乏靈性。但札哈・哈蒂留給東京的流線形巨大創造物，讓我強烈地感受到某種特殊波動。就如同即使沒有信教，一看到文京區丹下健三設計的東京聖瑪利亞主教座堂，內心依然會湧上神聖的感受，競技場的屋頂也帶給我一股崇高而神祕的能量。就像女神，以最動聽、最新穎的語言對著世界訴說。我聆聽她的聲音，時而回應她。

她是應該建設而建設，應該存在而存在的。我如此深信。

然而，競技場未被興建的未來，也並非百分之百不存在。札哈．哈蒂的提案在競圖中贏得冠軍三年後，即有報導指出札哈的新國立競技場興建案可能遭到撤銷。健忘的一般國人不用說，就連在建築圈，許多人也早就忘得一乾二淨。但那件事對我來說宛如昨日，每每回想，我都強烈地告誡自己不能遺忘。報導中揭露，札哈的提案總工程費最終評估為「三千億圓」，接下來就是長達數個月的炮轟撻伐、抗議運動，以及毫無意義的卸責。

當時我還是紐約一家設計事務所的助理，對於競技場引發的混亂，只是隔岸觀火。札哈案主要的問題在於建設經費暴增，但似乎也有不少人質疑，那嶄新而未來感十足的設計會破壞歷史悠久的外苑景致。「要興建的明明就是未來的建築物，『未來感』哪裡是問題？」我和事務所同事如此打趣道。「日本人的時間感異乎尋常，這不是出了名的嗎？」

在網路上大略瀏覽對札哈案提出異議的日本文化界人士、知識分子等各方看法後，我認為這些意見的影響力不足以推翻競圖結果，因此不以為意。不管那些人再怎麼言之鑿鑿，大力反對，最終政府還是以申辦奧運為由強行推動。況且要是捨棄札哈案，申辦奧運也不會成功，因此所謂將多出的經費用在震災復興、根本浪費稅金等冠冕之詞都為時已晚，已經展開的計畫，只能不顧一切硬推下去。唯有朝向破滅、朝向榮光前進。

札哈．哈蒂的新國立競技場一定會興建。會實現。而她絕對不會淪為負面遺產。因為她壓倒性地美麗。札哈案的雀屏中選，正是因為唯獨她的競技場具備了東京缺少的美。她若沒能興建，東京就無法完滿。她是應該興建而興建、應該存在的存在。

儘管當時的我如此樂觀展望，實際情況卻似乎更加岌岌可危。幾年後，我辭去紐約事務所的職務，回到日本獨立開業，有機會從當時身陷此風暴的建築師朋友口中聽聞內幕。那位建築師的建築哲學樸素保守，卻對札哈・哈蒂有著極高的評價，同時也是個城府極深，難以看出真實想法的人（我讀過他寫的書，一樣看不懂到底想表達什麼）。那位上了年紀的建築師說，札哈案的確差一點就要作廢了。在總工程費及過於前衛的設計在社會上引發議論時，一名吹哨者自稱競圖審查員提出了告發——雖然並未公開姓名，但從說話方式幾乎可以確定就是某人——如此一來，競圖的拍板過程也遭到質疑，火苗蔓延到整個建築圈，狀況甚至一度發展成以札哈案為基礎的具體設計修正案。新的設計案將樓地板面積縮小近百分之三十，為縮減成本還刪除了開闔式屋頂及空中步道。這不僅明顯遜色於最初的札哈案，更嚴重折損了她獨特的躍動感。

「我承認我的心態有點扭曲。但修正案看起來完全就是女人的那裡，不管從哪個角度看，都是一座醜惡的競技場。哦，我不是說女人的那裡醜惡，我的意思是……」上了年紀的男建築師為了掩飾不慎脫口的失言，吃力地尋找轉圜之詞，「喏，就像眼珠子一樣。人的眼珠從某些角度來看也很醜惡，而且考慮到要在那裡舉辦奧運開幕式，全世界八十億人口都在觀看，站在通用設計的觀點……」最後完全離題了。他一邊說話，一邊看著我的手，而不是我的眼睛。儘管如此，倒也不至於感受不到他企圖擺出的嚴肅。只是他的腦中想必也有個小警總正在吵鬧不休，導致他難以注視著對方的眼睛說話吧。

我沒看過實際的修正案內容，因此無法做出評論。但假設男建築師的形容恰如其分，那麼萬一以新設計案執行，就可能重蹈卡達南部體育場館[6]的覆轍——該建築被譏為宛如巨大的女性器官。我瞬間在男建築師黃濁的眼眸深處幻視到未來。男建築師努力轉移話題，最後以從未來返回的時光旅行者的口吻，反覆強調：「總之，那是千真萬確可能發生的未來。」[7]

「牧名小姐將來不可限量。但千萬不能忘了札哈的教訓，要嚴格控制預算，『正確』的用語也很重要。不能讓建築的錯誤，變成未來的錯誤。」

晚霞澈底被夜色吞噬，整座競技場在幻想的紫光中浮現，東京的景色彷彿驀然間往前飛馳數十年。上一刻仍沉浸在暮色的懷舊都市消然隱沒，化成再也不復返的過去。最初只存在於一名女子腦中的構想化成現實，而懷抱著各自現實人生與情感的人正穿梭於這片奇蹟般的場域之中。我百看不厭地眺望著。這座散發出彷彿隨時就要甦醒般生命力的結構體，如同經歷了獨特進化的巨型生物，從周邊林立的高樓大廈和路上車流的燈光汲取養分，展現出東京所催生出的舉世無雙的美麗。她的開闔式半透明屋頂宛如魚鰭自在擺動，泅泳於街道。科幻電影般的場景鮮明而具體地映現在我的腦海。她具有意志，她的意志正引領著這座繁忙而紛亂的都市。這並非單純的比喻，實際上，

6 編注：位於卡達沃克拉，為二〇二二年國際足總世界盃的賽場之一。也是由普立茲克建築獎得主札哈・哈蒂所設計。

7 譯注：日本在申辦二〇二〇年夏季奧運時，決定改建老舊的國立競技場，並由札哈・哈蒂團隊贏得競圖。但與本書中的背景設定不同，實際上因預算暴增等原因，原計畫作廢，二〇一五年改由隈研吾團隊操刀興建，成為現今的新國立競技場。

建築物就應該如此。我再次確認了這個事實。她必須引導城市、定向未來。

必須……應該……，這些帶有強烈意志與義務感的詞彙，如同混凝土般堅硬，在我的內心深處不住咕嘟冒泡。必須……應該……，這是為了支撐我自身而搭起的堅固梁柱。我如此反覆使用這樣的措辭，不僅是對他人施壓，更是加諸在自身的無形壓力，也許是因為想要從自己居住的房屋澈底排除掉任何可能導致崩毀的模糊要素。或許……比較好……，這類彷彿灌漿前的鬆散沙粒般脆弱的話語，無法撐過壽終正寢前的數十年光陰。即便只是單純且不具形體的言語，若不澈底清除，地基就會不穩，連站也站不好——恐怕連一秒都撐不住。

就在我意識到自己這種措辭傾向的瞬間，一股無法忽視的氣息從遠方傳來，我的視線下意識地被引向北側庭園。那一帶蓊鬱蒼翠，拒絕成為競技場燦爛夜景的一部分。彷彿在與其取得某種平衡。當強風掠過樹梢，就像腦中看到一則簡單算式後直觀得出答案一樣，我看見了——那應該要被看見的事物。在那片深邃的黑暗中，塔的輪廓終於顯現。

我的手不自覺伸向鉛筆。鉛筆芯的粒子似乎不再受我的意志掌控，在紙面留下軌跡，每一條不完整的線彷彿在震動著，向我傳遞某種訊息。那一天，不僅僅是文字的具象形態首次跳脫紙面，同時也預示了塔的設計中某個不可或缺的條件。我不覺愣住，鉛筆自手中滑落，觸電般的刺痛竄過頸項，強烈的耳鳴貫穿我的頭顱。我緊緊閉上雙眼，咂了一下舌頭。如此重要的事，我怎麼會視而不見？身為建築師的我，到底浪費了多少年的時間？

不應該將興建於黑暗中的塔單純視為獨立的建築物，而應考慮從上方俯瞰時，新宿整體景觀的和諧。塔的興建，不能忽略了與競技場的協調。可以說，那座塔必須是對位於南側的札哈．哈蒂建築的回應。唯有兩者相互輝映，都市的景觀才算完整。換句話說，只要能明白她對塔提出了何等問題，正確答案自然呼之欲出。這麼想就簡單多了。競技場就是懷孕中的母體，正在等待塔的誕生。

書桌上堆滿了素描草圖。我一邊素描競技場的弓形龍骨線條，一邊自問：這座引領都市、定向未來的塔，倘若由札哈．哈蒂設計，會是什麼樣子？不過，這真的是應該建設的塔嗎？她真的是這座城市，乃至於這個世界所需要的塔嗎？

牧名沙羅的內心在吶喊：這樣的塔，真的應該興建嗎？

不，反正必須有人建造，而那個人應該是牧名沙羅。就我所知，能對札哈．哈蒂的建築做出回應的建築師，只有牧名沙羅一人。如果不是牧名沙羅，那座塔將成為未來的錯誤。必須……應該……，話語如泉湧，卻找不到源頭。必須……應該……，這些是否為牧名沙羅的形體，要牧名沙羅說出口的話語？牧名沙羅形體的話語與牧名沙羅內心的話語，邊界究竟在哪裡？她居所外的高牆是否早已崩毀，無法遮風蔽雨？得在屋子泡水腐壞之前趕緊修繕才行。但，牧名沙羅的心到哪裡去了？

不，這樣下去不行。

我按住頭部兩側，那塞滿了話語的腦袋變得沉重。空洞的片假名在腦袋裡不住喧譁，彼此堆疊、壓迫，最終失去了形狀。

由這樣一個懷著如此多問號的人設計的塔，注定會倒塌。因此，我必須找到捨我其誰、非我莫屬的必然性。塔在呼喚我，他希望由我來建造。而我必須建造他。在如此確信之前、在話語與現實以等號連結之前，我必須持續思索那座Sympathy Tower Tokyo。

「牧名小姐。」

我聽到塔呼喚牧名沙羅的聲音。他已經知道她的名字了。

■

**Homo miserabilis　值得同情的人們　完整版**

**瀨戶正樹**

**○完整版序文**

**距離《Homo miserabilis　值得同情的人們》一書面市，轉眼即**

將十年了。此次新版除了對舊版進行了大幅修訂，還新增約一百頁的全新章節〈Q&A〉，並以全新封面設計推出完整版本。本書自初版發行以來便受到熱烈迴響，廣受各階層世代讀者的支持，遠遠超出作者預期。身為本書的作者、一名幸福學家，以及Homo felix，我深深感動於日本人無與倫比的寬容、多元的包容性，以及接納不同價值觀的強大特質。

如今，在東京都民、環境省、法務省及相關政府單位的大力支持下，本書中構想的新宿御苑塔興建設計畫即將付諸實現。塔的興建目前正積極籌備中，預計於二〇三〇年峻工。我們由衷期待Homo miserabilis從原本惡劣的收容環境，遷移至都心美麗且潔淨的塔居住的那一天。此外，在關於社會弱勢及少數族群的理解上，過去日本向來遭到嚴厲批評，我相信塔的興建將成為日本向國際宣傳及飛躍性進步的契機。日本將以社會融合的先進國家，贏得世界更進一步的尊敬與信任。

然而，我也深知塔興建案的反對聲浪依然存在。連日以來，各地抗議活動不斷，示威與仇恨言論日益升溫，這令我痛心不已。近期舉行的居民說明會上，也有許多人表達嚴厲的批評。此外，據傳網路上甚至有人發布針對我及我的支持者的死亡威脅。我的生命並不足惜。倘若我的犧牲能讓世上更多人獲得幸福，我願欣然赴死。然而，我已下定決心，只要我還活著一天，就要全力履行身為《Homo miserabilis　值得同情的人們》作者的使命。我始終認為，為了履行這份責任，我必須與塔興建案的每一位反對者對話、交流。因此，我決定以Q&A的形式，回應這十年來讀者提出的各種批判與疑問。

Q　為什麼一定要將「罪犯」、「受刑人」改稱為「Homo

miserabilis」？

Q　為什麼應該對本應受罰的人表達「同情」？

Q　同情「罪犯」，難道不是在傷害被害人的感受嗎？

Q　改善受刑人的待遇，不會導致犯罪率上升嗎？

Q　出身不幸的人，也能得到幸福嗎？

對於這些具體或抽象的提問，我將竭盡所能，真誠地回應。我衷心希望本書的回答，能夠幫助讀者更深入了解「Homo miserabilis」，並促進塔興建案順利推動。

同時，我也想對各位讀者提出幾個問題。尤其是現在仍對犯罪者表達厭惡、並堅持重懲的人，請試著思考以下的問題：

Q　為什麼你不是「罪犯」？

Q　你不曾犯罪，是因為你天生具備崇高的品德嗎？

Q　你之所以能避免犯罪，是因為你才智過人、擁有高度自制力嗎？

事實上，這些問題也是我數十年來不斷問自己的問題。

我已經強調過很多次，你我之所以不是「罪犯」，並非因為你我擁有崇高的品德，而是因為我們出生的環境，恰好讓我們有機會培養出崇高的品德。我們身邊的大人，讓我們相信只要避免犯罪就能過著幸福的人生。因為大人稱讚、鼓勵我們做好事、在學校取得好成績。因為大人給予我們動力，促使我們願意做好事。因為我們從小就被教導，在持續行善的過程中，即使面對困難的高牆阻擋或遭遇慘痛的挫敗，也要積極向前，對未來懷抱希望。只要將目光聚焦於幸福的未來，便能預測犯罪將帶來何種後果。對未來的想像力，成為我們誤入歧途時一道強大的防線。你能夠至今不曾沾染犯罪、清清白白地生活，全然得益於你所擁有的幸福特權。

然而，你或許不知道，這個世界上許多人打從一出生時便失去了特權。他們在長大成人的過程中，即使做了好事也得不到讚美，甚至連生於世上這件事都遭到否定。這些人當中的絕大多數，大腦中負責「獎勵系統」的神經網絡未能正常發育。即使做好事，他們也無法像你一樣分泌足夠的多巴胺，因此絕少感受到幸福。他們所看到的世界、思考的出發點，與你截然不同。

即使試圖想像幸福的未來，他們也不明白何謂「幸福」。人一旦失去了要守護的「幸福」，犯罪便幾乎沒有門檻可言。他們無法想像他人的「幸福」，因此對於奪走他人「幸福」的行動，難以萌生罪惡感。在絕大多數的情況中，他們其實是「前被害者」，而非「犯罪者」或「加害人」。這些可憐的「前被害者」因為語言能力不足，無法向周遭訴說自己曾是被害者，因此得不到任何關懷與支持。

這樣的他們，卻必須與你在相同的世界、相同的法律／規則之下，同樣以Homo（人類）的身分活下去，這豈非過於不公平、過於殘酷嗎？

本書第二章刊登了A子的訪談。事實上，正是A子啟發了我思考「Homo miserabilis」這個概念。A子因盜竊、非法侵入建築物和詐騙罪被判處有期徒刑，目前在女子監獄服刑。她出生在單親家庭，母親放棄育兒，對她疏於照顧，她在成長過程中，從未得到充足的食物和衣服。身體雖長大了，卻只能自行將相同尺寸的衣服布料拉鬆繼續穿，因此在小學受到嚴重的霸凌。她鼓起勇氣向班導求助，班導卻不肯聆聽她的困境，只是一味責罵：「為什麼老是穿一樣的衣服？」「為什麼你媽不買衣服給你？」「這麼簡單的事，都不會拜託媽媽嗎？」

A子勉強升上國中後，開始和學校認識的不良少年混在一起，很快地，她在夜晚的鬧區認識了一個大她十五歲的男人，開始交往。A子十四歲時，發現自己懷了男人的孩子。然而，A子一說出懷孕的事，男人就失聯了。A子並不打算生下小孩。她無法想像一個國中生要如何生養小孩，也強烈地抗拒生下和自己一樣不幸的小孩。十四歲的A子因懷孕而遭到母親痛罵，仍拚命懇求母親，終於借到了墮胎費用，獨自前往診所。然而，人工流產同意書上需要孩子生父的簽名，因此診所拒絕為她動手術。沒錯，儘管是未經同意而被迫懷孕，墮胎仍然需要生父的同意。A子在東京的診所和醫院奔波，但無論去到哪裡，都被告知需要生父的同意。她求助無門，沒辦法向醫生解釋自身孤立無援的悲慘處境。她沒有足夠的詞彙明確傳達自己身處的現實。

就在第二十三家診所拒絕手術時，A子澈底絕望，轉為思考要如何尋死。但她終究下不了決心，在十五歲生日後幾天，在自家浴缸產下了男嬰。

為了養育嬰兒，A子不擇手段。A子國中沒有畢業，無法外出打工，只能在超市偷竊奶粉、嬰兒食品和熟食，勉強撐過每一天。愈偷愈上手之後，她開始與在夜晚鬧區認識的友人合作，將偷來的商品放在網路上轉售，藉此賺取生活費。她不認為自己是在犯罪，不僅沒有懷著一絲內疚感，反而因為成功向曾經虐待、歧視她的社會復仇，而心生優越感。

A子說，她最大的心願就是讓兒子穿上許多好衣服。她堅信，只要讓兒子穿著在任何場合都不失體面的名牌服飾，自信滿滿地在大街上昂首闊步，他也會為自己有這樣一位母親而感到驕傲。

我第一次見到A子時，她這麼說：

「我確實做了違法的事，對那些因此受到傷害的人，我感到抱歉。但是，是我自己讓我變成『罪犯』的嗎？用『罪犯』來指稱我這樣的人，真的恰當嗎？我的身體就是無法習慣『罪犯』這個字眼所承載的意義。那感覺就像被迫穿上不屬於自己的男裝一樣。或許這樣說有點可笑，但被稱為『罪犯』，讓我感到很受傷。我不認為那個字眼與真實畫上等號。」

我認為A子的話言之有理。

將犯罪者之所以成為犯罪者的原因，歸咎於個人的性格缺陷或意志薄弱，在現代早已不符合科學見解。詞彙與現實之間深深脫節。

那些自詡優越、卻對犯罪者一律加以排斥的人，才是罪孽深重且感情用事的存在。如果你真正具備高度的自制力、高智商與良好的品德，那麼你應該能夠尊重那些在不同環境中成長的人，並發自內心地去體恤他們的處境。同情他們，才是帶著幸福特權而生的Homo felix的義務，不是嗎？這是我三十年來反覆思索何謂人類的幸福後，深信不疑的結論。

這個世界上的每一個生命，無論出身如何，都同樣尊貴。我希望每個人都能平等地擁有那樣的瞬間：打從心底慶幸自己誕生於這個世界。這是我唯一的心願。因為，每個人都是為了幸福而生。

最後，我想再次感謝A子以及本書中登場的所有Homo miserabilis。並且想藉此機會，向已故的札哈·哈蒂女士致以深深的謝意。

札哈・哈蒂也被譽為「未建築女王」（queen of the unbuilt）。「未建築」指的是因各種原因未能實現的建築設計——僅止於構想階段，未曾真正興建。札哈・哈蒂才華洋溢，然而現實條件卻沒有能力實現她的前衛作品，導致她的職涯初期幾乎所有案子都被束之高閣，成了所謂的「未建築」。許多人可能仍記得，位於外苑前的國立競技場，也就是東京奧運會主場館，曾因預算爭議，險些淪為未建築。毫無疑問，明眼人都清楚，撤銷札哈案將對東京造成巨大的損失。假如該案真的被撤銷，東京的城市景觀將停留在過去，生活在這座城市的人們，其視野與價值觀也將如化石般落後不前。若只因某些可笑的理由而放棄札哈難能可貴的美麗設計，甚至可能剝奪了年輕一代對未來的想像力。只要看過那令人驚嘆的完工預想圖，無論經費如何增加，都不可能接受更改為B方案的決定。然而，當時的我，滿懷著不安觀望著整件事的發展。最終，撤銷的傳聞戛然而止，札哈案的競技場依原計畫於二〇一六年冬季動工。也正是在那個時候，我遇見了A子，並從她的經歷中得到了Homo miserabilis的發想。

話雖如此，無論腦海中的構想多麼精采，要將其轉化為現實並非易事。這也是我從札哈．哈蒂女士身上學到的教訓。

要改變對「犯罪者」根深柢固的偏見與歧視，首先必須從語言著手。將這樣一個離經叛道的想法以具體可見的形式呈現於世人面前，需要克服重重障礙。即便幸運出書，這一理念能否被正確理解，端看我的表達方式及讀者的接受程度。倘若被誤解為一本在美化「罪犯」的書，可能會對犯罪被害人造成嚴重傷害，甚至引發網路上的強烈抨擊，說不定我還會因此失去大學教職。我曾向研究夥伴討論過出書的構想，他們都勸我「風險太大了，打消念頭吧」。倘若能順利出書，這個想法或許能讓社會變得更為良善，然而，最終它只能停留在我的腦海。我缺乏勇氣跨出那一步。那段時期，我備受煎熬。我認清了自己的軟弱，不得不擱置寫書的念頭。

就在某一天，我躺在千駄谷的自家床上，做了一個極為逼真的夢。夢裡，在監獄服刑的受刑人搬進了一棟彷彿都心豪華塔樓公寓的建築，在那裡過著宛如世外桃源般的生活。他們不再受罰，也不再被迫反省，而是在東京這片最美麗、自然最豐富且深受國民喜愛的土地上，盡情享受誕生在這世界的幸福。我心滿意足地與他們待在那個潔淨的空間中愉快閒聊。正當一切似乎無比完美時，我卻突然被巨大的震動和噪音驚醒，回到了現實。然而，那幸福的夢境仍歷歷在目地殘留於我的視網膜，久久未散。漸漸地，我覺得那喚醒我的聲音，也許是一道啟示。好似受到了女神的引導，我起身下了床，跨出家門，循著聲音的方向走去。聲音的源頭，正是新國立競技場的基礎混凝土澆置作業的聲響——是大型泵車將預拌混凝土注入地基的低鳴之聲、是創造尚未得見的未來的濫觴之音，更是我畢生難忘的福音。此後，每天早上去看競技場的建設工程成了我的例行公事。我目睹這座突破傳統觀念的先驅之作，逐步化為現實，朝未來邁進。見證這奇蹟般的過程，我得以喚醒埋藏心中的那個未竟之夢，也重新燃起實現它的熱情。能夠完成這本書，全要歸功於札哈·哈蒂這位偉大的建築師。倘若國立競技場未能落成，本書就無法誕生。她教會了我，無論面前有多高的障礙，面臨多大的風險，甚至被嘲笑不切實際，都應該堅持追求，並堅信自己眼中真正美好的未來。

二〇二六年　夏　寫於千馱谷自家　瀨戶正樹

■

夢境逼真得讓我不願輕易斷定為夢，但從前後情節推斷，將它歸作一場夢，或許是最簡單且合乎情理的解釋。但說真的，那究竟是什麼呢？每次從觸感如此真實的夢境中醒來，我總是為此而困惑不已。

喚醒我的是一個女人的聲音，那聲音是她正與不在場的人交談時傳來的。

嗯……這樣嗎？可是……吧？不過……嗯……嗎？

顧及熟睡中的我，她壓低了音量，但那真實存在的肉聲，將我拉回了懷念的現實。啊。深深嘆息。嗯。輕聲清喉嚨。苦笑似的低語，飲料滑過咽喉的聲音，還有嚥下後輕微的喘息。最後是，那人將罐子捏扁，扔進垃圾桶裡的袋子聲響。那些因她活著而產生、質感各異的聲響，模糊了先前逼真的夢境殘像，讓那片段逐漸變得像夢一般不真實。只要是模糊不清的事物，無論是什麼，都讓人感到舒適。我甚至想，如果人生只存在於不受任何定義的時間中，那該有多好。我不明白，為何人們能輕易接受讓那些只存在於字面上的明確數字，比如二〇××年、七月、八點、二十二歲、二十三次，去分割那些無法證明其存在的事物。我希望自己能忘記今天是暑假的第幾天，還剩多少天開學、距離太陽下山還有多久，並永遠置身於陽光普照的海邊。要是太陽下山了，那麼就點起ＬＥＤ燈，然後在沙灘上蓋沙堡嬉戲，彷彿明天永遠不會到來。即使剛堆好的沙堡不斷被海浪沖垮，永遠無法完成，但在那裡，沒有結果、沒有結論，沒有衰老或終結，只有無數堆沙堡的瞬間。這麼說來，公園的玩沙區也是如此。孩童一看到沙子就會想堆點什麼，這是為什麼呢？建築是一種預先嵌入人類基因的本能嗎？或者，每個人天生就是建築師？

女人的聲音從背後傳來，鉛筆與紙張磨擦的沙沙聲不絕於耳。那聲音，來自一位建築師在素描簿上描繪藍圖的痕跡。她是位女建築師，為了參加新宿御苑的監獄建案競圖，入住這間飯店閉關。從七月底到八月初的一個星期，她專心構思塔的設計——她曾這麼說過。

「連要不要參加競圖都需要深思熟慮。就算不參加，也必須給員工一個交代。我們這樣的小事務所，光是被指名就已經是莫大的榮幸了。況且，這是一個劃時代的計畫，光是參加，就能引起國內外的關注。就算最後無法勝出，只要能留下設計圖，也已經意義非凡。如果要放棄這次的大好機會，必須給出一個充分的理由，才算對得起我身為 SARA MAKINA Architect 負責人的身分。此外，也必須趁著在飯店閉關的期間，平靜地回顧自己的人生，面對自我。如果無法面對自己的內心，就不應該承擔如此重大的建案。我不知道所謂的「面對內心」具體是什麼意思，也沒見過內心在哪裡，但我明白，我正處於需要探索自我的階段。若等到四十歲再做這些事，可能會因過於達觀或明哲保身，而無法做出真正冷靜的決定，或者**只能**做出冷靜卻不見得正確的決定。冷靜與正確並不必然相關。」

必須……不應該……我注意到她這樣的語氣，並正確地記下了這些話。除了母親以外，我從未見過將義務與否定表達得如此強烈的人。當女建築師說「必須……」時，她提出的是自己真心相信的論點。不論是否能說服對方，只要說話者發自內心深信不疑，即便看似無意義的事物，也會因此湧現出莫大的意義。這是我認識她之後，第一次深刻領悟到的事。

但我的母親可不是這樣。母親一旦陷入感傷，總會對我叨唸：

「你根本就不該出生。」她說：「你應該要被打掉的。」又說：「你是應該被同情的人。」至於理由，她倒也提得頭頭是道。她說，我有二十三次不會出生的機會，只要她抓住其中任何一次，就不會有今天。但我並不認為這所謂毫無意義的「二十三次」，就能成為我應該受同情的理由。最重要的是，我覺得她自己打從心底不相信這些話。她說話的模樣活像個推銷員，嘴上施展著話術，心底卻對商品的品質滿腹懷疑。「你爸就是個垃圾一樣的男人。」母親哭泣或抓狂時總會這麼說。但由於她心裡的「垃圾」和「男人」並不能簡單地畫上等號，讓人不禁懷疑她是否真的見過垃圾。她那拙劣的簡報方式，總讓我忍俊不禁。我一查「垃圾」的語源，才知道它原指「樹葉」[8]，從此以後，

8 譯注：日文的垃圾（ゴミ／gomi）一詞，漢字為「塵芥」，過去農家多用以指稱樹葉。

父親在我心中就成了樹葉。我腦海裡不禁浮現出父親化作樹木，抽出嫩綠的新芽，隨風搖曳，在秋天染上紅色，最終飄落泥土的景象，真是既有趣又詩意。

不知道是視力太差或太好，在我眼裡，世間的一切總顯得異常有趣。僅僅看著人類努力學會走路、學習語言或賺錢，就已經讓我笑得停不下來。或許是因為我至今仍未習慣人類扮演「人類」這件事吧。因此，無論父親是「垃圾」還是「樹葉」，對我來說都稱得上幸運。雖然我數學不好，對機率沒什麼概念，但對於「二十三次差點被打掉，卻奇蹟似地活了下來」感到僥倖，而不是對於「明明有二十三次機會卻沒被打掉」感到懊悔，這樣的心態對我而言再自然不過。被生下來的孩子和生下孩子的母親對生命的解讀天差地別，我覺得有趣的玩笑，她一定不會笑，反之亦然。我們雖然都是人類，卻是截然不同的人類。我和母親毫無共通點，但我得承認，她的穿衣品味還不錯。

女建築師接著解釋：「是AI-built建議我的，『我建議妳可以好好地面對自我』。它已經提醒了一百次，但我覺得太麻煩了，所以從來沒理會。反正ＡＩ又不是真心關心我的人生。通常，像結婚、轉職、大病一場或遇上重大挫折這類人生事件，才會自然而然讓人有『面對自我』的契機。但我這個女人，走到今天，一路上從沒需要過這種時刻。我只做我喜歡的事，想著數學、物理、建築，不知不覺就成了一個健康、未婚的三十七歲女強人。雖然視力下降了〇．五，但在三十多歲的女性中，我的視力還算是名列前茅。其實，這次我也沒有真正感到需要『面對自我』。就算沒有也無所謂。但簡單來說，我之所以這麼做，是為了在未來留下一個歷史事實：『我在職涯重大里程碑的競圖抉擇前，曾好好面對自我』。就像隈研吾開始運用木材的那個轉機一樣，能作為日後別人為我立傳時的一個插曲。」

她活潑地說完這番話後，聲音突然轉為不安，又補問了一句：「如果有位女建築師這樣說，你會怎麼想？」這句口頭禪總是伴隨著鎖門時的聲音一同響起。

「那位女建築師希望有人為她立傳嗎？」我以問題回答問題，同時尋找打開這話題的鑰匙。這約莫是一星期前的事了。

不管喝醉與否，她都十分健談，但一喝醉，就會滔滔不絕到讓人替她擔心。她的話語一瀉千里，彷彿她的住處完全以語言構築而成，並堅信一切都能透過語言來說明。她似乎以強烈的意志，剔除了語言停留在未成形混沌狀態的可能，每天都細心地為這座「語言之屋」上下打蠟。然而，她又會突然後悔說太多，像是一尊靜止不動的岩石般沉默下去。這種過度自信與謹小慎微的反差，想來一路上以某種暴力般的吸引力，招徠了形形色色的人。我自認對暴力十分敏感，必須格外小心，避免輕易承認她的魅力是一種真正的魅力。

多虧冷氣幫忙降溫了兩小時，讓我沉重的腦袋清醒不少。嘔吐感也消退了。我只要好好地睡上一覺，大部分的不適都會自行好轉。健康的身體本身就是一種資產。若從外界的標準來看，我應該會被歸類為低學歷、低收入的年輕族群，但如果健康能換算成財富，我絕對稱得上是大富豪。我從不感冒，也很少陷入精神上的低潮。即使吃得不多，也能從早忙到晚。只要在這副健康的體魄和保養得宜的肌膚上，刻意掛上從容的微笑，幾乎沒有人會認為我是個悲慘的低收入臨時工。沒有人會同情我，也沒有人會說我可憐。若是再穿戴上以員工折扣買的名牌衣飾，抬頭挺胸，那麼別人甚至會認定我是個……比如**富裕、幸福、擁有一切、前途無量的俊秀青年**。

但我不喜歡撒謊。我撒謊過幾次，有一次還偶然掌握了撒謊的訣竅，但當我說出那些過於流暢自然的謊言時，連自己都無法區別那是謊言還是事實。我發現撒謊對精神帶來的負擔不成比例，因此再也不撒謊了。而且，這也是我從顧客身上學到的教訓，虛偽會讓身上真正高級的衣飾看起來廉價。因此，如果有人問起我的住處，我總會直言：「我住在足立區，房租五萬五千日圓的小套房。」即便對方沒問，我也會主動補充具體的金額。像我這樣的身世、身高、外貌，若一身名牌，很容易被認定為滿口謊言的騙子。這是我對那擁有特殊感受力的人的一份尊重。至於聽到房租後是否改變態度，那是對方的問題，與我無關。但女建築師並未改變態度，僅淡淡地說：「要不要搬到更好的地方？我可以幫你出搬家費。」我回答：「謝謝，不用了，那是我自己挑的住處。」儘管那不過是一棟木造的老房子，每當地震來臨，我都會擔心是否將葬身其中。

觀察女建築師的背影時，我總不由自主地想起母親。每次與女建築師見面，我都會刻意避開這樣的聯想，但這次剛剛睡醒，意志力有些脆弱，無法抗拒。女建築師與母親無論在容貌、體態或個性上，都沒有任何相似之處，穿的衣服價格甚至相差十倍以上。除了她們年齡相仿（如果Wikipedia的資訊正確），幾乎沒有共通點。她看起來彷彿是透過搜尋「成功的建築師」圖片後，依照片選擇髮型與服裝，成功蛻變為一位名副其實的成功人士。然而，我總覺得，不論成功還是失敗的女性，從肩膀到腰部的背影都透著莫名的相似感。那是來自內心的匱乏，一種始終渴望著什麼的氣場。若是失敗，就渴望成功；若是成功，則渴望更大的成功。我將母親的背影與女建築師略微前傾的身影重疊在一起時，不經意發現她耳中並未佩戴耳機。原來，我以為是在和某部機器對話的聲音，只是她的自言自語罷了。

我略感尷尬地覺得自己似乎偷聽了不該聽的內容，便主動開口：

「牧名小姐。」以這句話表明我已經醒來的事實。

她沒有立刻對我的聲音做出反應，繼續滑動著鉛筆。如果她此刻正在畫與塔相關的設計，那麼我耳中聽到的聲響或許可稱得上是歷史的聲音。這是數年後澈底改變東京天際線的起始之聲。

不久，她停下了手中的鉛筆，像是精確計算過演出效果般，悠悠地回頭。

「好點了嗎？」她問。

「做夢了。」我說。

「是好夢嗎？」

「奧運的夢。」其實夢中還出現了母親，但我沒有提。「不是好夢。

因為我從二〇二〇年就一直痛恨奧運。」
「不要恨奧運。我以前可是奧運選手。」
「不會吧？真的嗎？」我驚訝得從床上坐起來。「什麼項目？」
「真的。我拿了數學奧林匹亞國中生部門的銅牌。」
「什麼啊，原來是數奧。不過這也超厲害吔。我數學最爛了。」
「而且，我拿的還不是『女子組』的銅牌。要是參加『女子組』，我可是穩穩的金牌，毫無懸念的壓倒性勝利。你要聽我是怎麼輸的嗎？」
我心想就算我說「不想」，她應該還是會說出來，便說：
「我想聽。」
「我之所以輸了，不是因為我的數學能力比男生差，而是為了爭取參加『全性別組』而不是『女子組』的資格，浪費了太多腦力和時間。這真的不是我輸不起的藉口。為了說服那些大人，在運用數學公式之前，我得先精通如何運用語言——對男人說男人的語言，對女人說女人的語言。對一個十四歲的數學少女來說，這很殘酷，對吧？即使我爭取到了『全性別組』的參賽權，眾人還是對我議論紛紛，讓我無法專注在算式上。是女生吔，好厲害。是女生吔，真可憐。是女生吔，真了不起。是女生吔，真不知天高地厚。你懂嗎？就像一輩子吵個沒完的夫妻那樣，右腦左腦吵成一團。我不是要討論『女子組的金牌和男子組的銅牌，哪個更有價值』這種問題。這個問題我早已自問了二十三年，早就得出了自己的答案，但根據現行規範，似乎只有右腦發達的女權主義者才有資格回答，因此我沒有立場多說。」

她說到這裡停住，但我察覺她似乎還沒有暢所欲言，便追問道：

「那我問另一個問題：數學少女是怎麼變成了建築師？」

「某一天開始，數學少女突然不會算數了。」她像唸繪本的大姊姊那樣說著。「就像運動選手意外受了傷，她的身體也發生了事故。雖然數學能力仍然高於一般水準，但已經不足以參賽。至於她為什麼轉向建築……那是因為她有很強的支配欲。」

「支配欲很強和……」

「你說支配欲很強和建築有什麼關係嗎？這種問題就不該問。」昔日的數學少女搖了搖頭。「以為任何問題只要提問就有答案，這就是我討厭ＡＩ原生代的地方。我可不是ＡＩ。你最好養成先自行推測或解釋的習慣。我喜歡你。你是一個討人喜歡的人。我對這樣的你有所期待，所以才會提醒你。沒有寫出計算過程的解答，我是不會打勾的。我知道有人照樣會打勾，但我不會。絕對不會。我不容許可能是歪打正著、沒有再現性的成功。」

我試圖釐清她的話，但很快就感到疲倦。於是我將話題拉回來：

「我和數奧無冤無仇。我討厭的是二〇二〇年的奧運會。要是沒有那場奧運，很多人就不必死了。」

「你這麼年輕，話題卻總是顯得有些過時呢。我可不想談政治。尤其是和臉蛋漂亮的男孩。」

「為什麼？妳不想回答也沒關係。」

「只要意見相左，漂亮的東西看起來就不漂亮了。」她筆直地注視著我。眼神嚴肅，但我聽不出那語氣中的嚴肅。「當然，我也覺得那場奧運不該辦，甚至應該直接取消，就算要辦，也至少該延期一年。從情感上，我希望他們至少表現出一些妥協的態度，比如等長者都打完疫苗再說，而不是像那樣強行推動。但事情已經過去了。你還年輕，過去的怨恨就放下吧。遺忘也是通往和平的第一步。即使做不到，假裝遺忘也行。」

她的語氣宛如一名長者。說完，她從冰箱拿出一罐啤酒。一口氣灌掉半罐，然後淺坐在尚未躺過的床沿，將筆電放到膝上，蜷著背敲打起鍵盤。

「我不會遺忘。」我自言自語。

「你真的很年輕。」她也自言自語。「和你談話……會讓人感覺『即使是這樣的我，也確實在變老』，認知到這一點令人安心。我和別人一樣，時間……時間確實在我身上流過。沒錯，即使看不見，時間確實存在……然後，人類是隨著時間流逝而逐漸遺忘的生物，所以你也會遺忘的……放心。比如過去只有男女、星期一到星期五的工作制，還有犯罪者被稱為罪犯並接受懲罰，這些都會被遺忘……喂，你知道近代奧運真正的目的是什麼嗎？」

「真正的目的？」

「大家都忘了。奧運最初根本不是體能競賽，也不是為了讓電視臺轉播賺錢、或向國民灌輸民族意識的活動。」

「是嗎？我第一次聽說。那麼原本的目的是什麼？」

「是為了實現人類和平，維護人類尊嚴。運動只是實現這些目的的手段。是不是很美好？」

實現人類和平，維護人類尊嚴。

我完全無法理解，體育這種肉體活動，如何有助於實現這些抽象的概念。直覺上，我反倒認為競逐獎牌的競賽與和平之間，隔絕著一道無論如何都無法跨越的柵欄。如果能與發明奧運的古人交談，我們之間應該無法對話。對於體育究竟是怎樣的行為，以及人類和平指的是什麼樣的狀態，若對這些前提沒有共識，任何交流都是徒勞。

「確實，沒有人記得呢。」

我忽然好奇起來，於是拿起枕邊的手機輸入【sport[9]的語源】。

**AI-built：【sport的語源來自拉丁語deportare。deportare的意思是「運走」、「搬運」。後來延伸為「離開義務」等精神上的轉換，指「脫離」工作或家務等日常，進而涵蓋了休閒、消遣等意義。■】**

看著那語速飛快的回答，我從躺了兩小時的床上爬起。女建築師剛才使用的書桌上堆滿了從素描簿撕下的紙張。那些畫精緻而富層次，即使對藝術一竅不通的人，也能一眼就感受到這是出自專業人士之手。然而，與精準的線條形成鮮明對比的是，她筆下那宛如高塔的建築。那建築物的線條極度扭曲，完全無視現實的物理法則。

9 譯注：日文中，「體育」、「運動」一詞使用的是外來語「スポーツ」（sport）。

她奇特的想像力令我再次意識到我們之間的高牆：我們同樣是人類，但其實是兩種截然不同的人類。我們眼中所見的風景、思考的前提南轅北轍，差距之大，或許正如古代奧運與現代奧運的對比。我甚至訝異於我們居然能夠對話，也許只是我一廂情願地以為對話成立。

我從她的背後望向筆電螢幕，上面顯示著一行字：

Sympathy Tower Tokyo

「Sympathy Tower Tokyo（暫名。預計在竣工典禮前後透過公開票選，決定正式名稱）指名設計競圖要項」的下方，署名是「新型態刑事設施建設計畫專家會議」。我努力拆解，試圖解讀上頭密密麻麻的文字，然而看到一半就覺得頭昏眼花，腦袋發燙。此時，螢幕底部接連彈出通知視窗，信件主旨全是「關於ＳＴＴ競圖」。

「結果是牧名小姐要蓋嗎？那個Sym——」我停頓片刻，盯著上面的片假名，驀地改口「東京都同情塔」。就像在同步口譯一樣。

「咦？」

「東京都、同情塔。」我一個字一個字清楚地發音。想不到其他更適當的轉譯。

「這是你想的？」

「嗯。」

「剛剛想到的？當場？」

「剛剛當場想到的。這還沒有向大眾公布吧？我看Twitter上大都叫它『御苑塔』，也有人稱它『新宿塔』或『Miserabilis tower』。」

「事務所上星期剛收到資料，我也是最近才知道。好像還不是正式名稱。我們這次應該只是去陪賽。」

「好俗喔。俗到可怕。連說出口都不想。」我脫口說出內心真實的想法。

「是吧？『Sympathy Tower Tokyo』，你也覺得很俗對吧？覺得這個名稱很俗，並不是因為我跟不上時代，或是出於老派昭和老人的審美觀吧？」

「嗯，俗斃了。是瀨戶正樹的品味？」

「不管那個，倒是你的品味。」她輕輕碰了我的手。「拓人，為什麼你會將『都』放進去？為什麼是『東京都同情塔』，而不是『東京同情塔』？」

「都？為什麼呢？不知不覺。就自然而然。」

「不知不覺？自然而然？怎麼會？難以置信。」

她將視線從我身上移開，望向窗外，眼神嚴肅得彷彿窗外出現了什麼可恨的事物，目光一刻都不肯移開。

「跟你說，今天我待在這個房間裡，反覆思考塔的名字。我也想過『東京同情塔』，卻完全沒想到『東京都同情塔』。你怎麼能一秒就冒出這名字？你是信手拈來就能押韻的饒舌歌手嗎？[10]你是在哪裡學的日文？你看，一加上『都』，感覺完全不同了。不只是雲泥之別，簡直是雲和石棉的差距。」

她在筆電上點出撰寫新郵件的畫面，迅速敲下「東京同情塔」與「東京都同情塔」並排顯示在屏幕上。我的靈機一動，或者說脫口而出的意外之語，似乎深深打動了她。

「你看。東京＋都，同情＋塔。詞句結構對稱，也完美押韻，同時具備監獄應有的威嚴感。如果有這般牢不可破的基礎，巴比倫

10　譯注：東京都同情塔，日文發音為Tokyoto Dojoto，剛好押韻。

塔也不會崩塌了。除此之外，再沒有其他更合適的名字了。那什麼Sympathy的，根本無法匹敵。連名稱的骨架都感到搖搖欲墜，連Homo miserabilis都不敢安心入住吧。至少我就不敢住。」

「可是，目前不就只是在討論名字嗎？名字又不是物質，和建築物的結構無關吧？」我疑惑地問道。

「你是認真這麼說的？」她的眼中射出奇異的光芒。「名字雖然不是物質，但名字是語言，而現實總是從語言開始。真的喔。驅動這陸地世界的，不是那些精通數學或物理的人，而是那些伶牙俐齒的人。我為此可是吃足了苦頭。難道你不是嗎？這個問題比表面看起來要嚴重得多。若要比喻，就像是用普通的蓮蓬頭沖澡，還是用配備Ultra Fine Bubble超微氣泡的蓮蓬頭沖澡一樣。遲鈍的人就算〇·三公厘的氣泡變成了〇·〇〇〇〇一公厘，或許也完全不會察覺。

但只要持續用超微氣泡的蓮蓬頭沖澡一年，確實能夠改善肌膚的清潔狀態。」

「我倒覺得，過度清潔毛孔反而可能破壞皮膚原本的保護功能。」由於對肌膚保養頗有心得，我提出了不同的意見。

我對於毛孔的在意非同小可。雖然對清潔狀態不算有研究，但臉部毛孔的大小，絕對會影響一個人一生中被同情的次數。在這方面，我也是吃過不少苦頭的當事人，因此可以滿懷自信地這麼說。

在她想到其他更高明的比喻之前，我轉移話題：

「不過，這名字也真大膽。讓我想到川普大樓那種暴發戶品味的建築。我還以為不管怎麼樣，名字裡多少會保留『監獄』這類詞彙。」

「從時代趨勢來看，『監獄』遲早會被視為歧視用語，所以不能用吧。『監』和『獄』這兩個字都很糟糕。」

「『監獄』也算歧視用語嗎？那『獄警』要叫什麼？」

「改叫什麼呢？プリズン・オフィサー（Prison officer，監獄官）？太直譯了……タワー……タワースタッフ（Tower staff，塔工作人員）？シンパシー……シンパシスト（Sympathist，同情者）？ミゼラビリス……ミゼラビリス・スタッフ（Miserabilis staff，可憐員工）？ミゼラビリス・マネージャー（Miserabilis manager，可憐經理）？ミゼラビリス・サポーター（Miserabilis supporter，可憐志工）？ミゼラビリス……メイト（Miserabilis mate，可憐之友）……」

女建築師口中咕咕噥噥，翻過素描簿，在最後一頁寫下一堆字。タワースタッフ、シンパシスト、ミゼラビリスメイト。那些沒有輔助線幾乎無法判讀的歪七扭八字跡，看上去滑稽至極，我忍不住笑了出來。那與其說是字，更像是抽象畫，讓人覺得她死後或許

可以高價售出。但熟悉了她的筆跡之後，逐漸看出那些看似貓爪痕的雜亂線條，其實全是片假名，還是具有意義的詞彙：ホームレス（homeless）、ネグレクト（neglect）、ヴィーガン（vegan）……這讓我心頭一震，甚至感到隱隱作痛。儘管早有預感，但如今這樣的預感成了確信——她似乎罹患了某種神經衰弱的疾病。我不清楚正確的病名，但她的狀態讓人感覺她由語言構築的牢籠中，這牢籠不僅不通風，還毫無生氣，讓她無法喘息。而那牢獄中，時刻有「獄警」在監視她的一言一語。

我被一種只能稱做同情的情感攫住了。是因為覺得她可憐，還是想要遏止可憐的片假名增殖？我不由得緊緊抱住了女建築師的背，就像無法抑制的噴嚏一樣，出於衝動擁緊她，將鉛筆從她的手中抽走。不同於她所居住的冰冷牢籠，她的肌膚就像精心打造的手工巢穴般溫暖，讓我的心為之微微顫動。

「我餓了。我們去偷麵包吧。」她突然說。

「好啊，走吧。」我順勢回應。

晚上八點過後，飯店一樓的餐廳客人不少，卻靜默得彷彿每個人都懷抱著不可告人的祕密。唯有女建築師，像是自覺肩負了所有沉默客人的責任般，承包了整場晚餐的對話額度。她從頭說到尾，毫不間斷。她輪流點了紅酒和白酒，甚至向服務生攀談：「你長得好像我小時候得了癌症死掉的堂弟。」接著續了麵包，自顧自地哈哈大笑，嘴巴一刻都沒有停下來，彷彿連換氣的時間都捨不得。她以相同的比例和熱情述說著自己的驕傲與失敗，還有不帶解釋教人聽得一頭霧水的建築專業、在紐約當助理的經歷，以及前男友。她似乎對這種掌控話題內容和次序的感覺樂在其中。連我也不由得放棄插嘴。

我猜想，也許是我剛剛的擁抱讓她心情大好。不過，這樣的解釋未免太過簡單，畢竟她已是三十七歲的成熟女性，不可能被中意的小鮮肉摟抱就欣喜若狂。照常理來想，她心情大好，或許純粹是葡萄酒和美食的功勞。

「如果是『東京都同情塔』，我就可以蓋。」

女建築師執拗地撕開麵包蘸取橄欖油香蒜義大利麵的醬汁，冷不防話鋒一轉。不過，這轉換流暢得就像只有我覺得突兀，在她內心，那或許是一氣呵成的過渡。

「但我無法容忍『Sympathy』這個詞。它會讓日本人四分五裂。慢著，這個發言有點右派，我應該收回嗎？但我看得到未來……未來的日本人將拋棄日語，變得不再是日本人的未來。你覺得明天早餐也會有這種麵包嗎？我是指過去的日本人啦。這算歧視思想嗎？喂，要向誰反應，才能改掉塔的名字？討好瀨戶正樹嗎？這裡面也混入了橄欖油以外的油吧？還是說，我當上政治人物就行了？你覺得我有從政的天分嗎？對了，我從剛才就一直想到我和我過世的堂弟暑假在海邊堆沙堡的快樂回憶。他那時候就知道自己無法長大了。」

「我想，要是牧名小姐真的考慮從政，可能得學學那種模稜兩可的說話藝術。」我一時不知如何回答她大量的問題，只鎖定了其中兩點。「不過，如果只是要改掉塔的名字，不見得要變成政治人物才做得到吧？只要妳在競圖中獲勝就行了吧？」

「哪有這麼簡單？競圖冠軍也沒有權限改名。」

「沒這回事。如果妳贏了競圖，真的成為這座塔的設計師，到時候媒體一定會來採訪、或是開記者會什麼的。在這些場合，妳就不要稱它Sympathy Tower Tokyo，而是堅持叫它東京都同情塔。不必刻意強調，自然而然、理所當然地說『在設計東京都同情塔時，我最想和大家分享的理念是……』或者『我對東京都同情塔的願景是……』。就算有人糾正妳『牧名小姐，是Sympathy才對』，妳也不要管他，只需維持一貫的步調帶過：『啊，簡言之就是東京都同情塔嘛，不都一樣嗎？』甚至稍微帶點嗤之以鼻的反應也不錯，好比說：『現在都已經是全球化時代了，還在糾結英語和日語這點小差異？重要的是發自真心對犯罪者的sympathize吧？』如果『同情塔』真的比『Sympathy』更適合，就會普及成為暱稱，沒多久，大家就會忘掉『Sympathy』，每睡過一晚，就遺忘一分。等所有人都忘了『Sympathy』時，正式名稱反而會變得可笑，甚至讓人羞於提起。日本人最無法承受的就是這般羞恥。到頭來，『Sympathy Tower Tokyo』這名字將彷彿從來不存在。

一定會變成這樣。就像消失的兩千圓紙鈔[11]一樣，彷彿從來不存在。一定會的。所以，首先牧名小姐要贏得競圖，蓋出一座超酷的塔。」

我真心誠意地建議著，只見她眼眶含淚，苦澀地笑道：「我欣賞你的幽默。」摻著紅酒的唾液順著脣角滑落，宛如血滴。

「真希望我也能像你一樣，說起話來輕飄飄的，像雲朵一樣自在溜走。你是在哪裡學的日文？」

她的聲音引得遠處桌位的男客回頭，那反應像認出了她是建築師牧名沙羅。男客人對同桌的女人低聲說了什麼，女人也轉頭瞥了一眼。真的，是牧名沙羅。女客沒有出聲，僅露出驚訝的目光，深深點著頭。我不禁在意起那些人如何看待我，立時食欲全消。他們會不會以為我是牧名沙羅的小男友？還是兒子？但以兒子來說歲數又太大？或是和富婆約會換取援助的窮光蛋？我想專心聽女建築師說話，但我靈魂的一部分又像是跑去了他們的桌上。

女建築師自然不會在意我是否靈魂出竅，吃著義式冰淇淋，喝著餐後甜酒的同時，她以審視素描對象的眼神盯著我的輪廓，開始用語言勾勒我每一個細微的部分，從頭蓋骨、耳朵到鎖骨，描述得無比細膩。若非借助鏡子，我的肉眼根本無法察覺這些部位。她對「美」這個詞彙的過度使用，最終用一句「我的詞彙太貧乏了，我是窮人」來自嘲總結。隨後，她叫來那位與她早逝堂弟神似的服務生，掏出一張質感勝過多數人手中信用卡的卡片結帳。扣除這頓餐費後，她的財富或許的確減少了一些——但我沒將這個想法說出口。

11 譯注：日本在二〇〇〇年發行了面額兩千日圓的紙鈔，正面圖案為沖繩守禮門，背面為《源氏物語》作者紫式部。但因使用不便，遲遲未能普及，後來市面上幾乎未見流通。

「我要去競技場附近散步，拓人，你呢？」她問。我答應與她同行，因為擔心她獨自在外不安全，而這個擔憂也證明是正確的。走出飯店，看見競技場燈光的瞬間，她彷彿成了被燈光吸引的虛弱飛蛾，搖搖晃晃地走上前，甚至對接近的車輛毫無察覺，試圖直接穿越馬路。我不得不抓住她的手臂，強行拉住她。她的狀態應該不全是出於酒精的緣故。我覺得她需要有人支撐，而我希望自己能夠成為那個人。儘管如此，我只能沉默地跟在她身後，卻又從她的背影中看到了母親的影子，搞不清楚自己究竟是在跟隨誰。

來到競技場近旁，她沐浴在燈光下，看起來彷彿自身也在發光。我心想，若人體的預設狀態就是如此發亮，那麼膚質問題也就無需在意了。我隱約知道，對於她，或建築圈的人而言，這座建築似乎有著非比尋常的意義。這座競技場由外國知名建築師設計，因建設經費爭議而引發社會譁然。完工後，它贏得了一些讚譽，卻招來更多的批評。對某些人來說，這是福音；對另一些人而言，卻是噩夢。但於我而言，它僅僅是一團耗費巨資建成的無意義混凝土塊。或許是我這輩子見過最大型的建築，但看過一次也就足夠了，甚至過一晚可能就會忘記。哪怕它明天被掉包成東京巨蛋，我也毫不在意。正如對某些人而言，奧運、帕奧、世足賽、紅白歌合戰乃至國會大廈的存在與否，與他們的生活毫無關聯。競技場對我的人生也毫無影響。或許因為我繳納的稅金不多，對於這座建築耗費鉅額稅款一事，我也不怎麼憤怒。我早已習慣了，生活中許多與我無關之事在遙遠的地方悄然推進。自我出生以來，幾乎一切事物都在我無法觸及的領域中發生。

就像在飯店房間那樣，她彷彿在與誰通電話般自言自語，以手背輕撫過競技場的外牆，緩步往前走。繞了半圈後，她似乎感到滿意，隨即掉轉身體，折返回原路。經過路口時，她伸手觸摸一旁的雕塑（牌子上寫著：堀內正和「體積相等的五個半圓柱」），瞇起眼睛仔細端詳。這件處於微妙平衡、搖搖欲墜的雕刻似乎讓她恢復了神智，迷茫的眼神變得銳利起來。接下來，原本漫無目的的散步，彷彿突然有了明確的方向與意義。她踩著穩健的步伐，經過東京體育館的田徑競技場和室內泳池。

正當她在路口右轉，「單人房真的都滿了。」她以低沉而緊迫的聲音說道。「所以你不用留下來過夜。當然，你想過夜也隨你。不過在那之前，趁著話語還沒完全脫離現實，我想先整理一下，否則我真的快倒下了。喂，從我們的年齡和收入差距，以及像這樣的約會來看，客觀來說，就是所謂的『媽媽活[12]』。你知道『媽媽活』吧？」

「嗯，客觀來說是這樣。」我點點頭。

前方的電車正駛入千駄谷站。人群被電車載運的場景——人類並非為水平移動而設計的生物，卻以水平方式被移動——我一直覺得很滑稽，為什麼會有一群人被這樣水平地移動？又有多少人能真正理解這樣的滑稽感呢？

「『爸爸活』和『媽媽活』，這些命名的品味，與我的語感認知全然相悖——為什麼不能叫『父親活』、『母親活』呢？——但這樣的稱呼已經深深滲透了當今的日本社會。不過，我絲毫不認為自己是你的『媽媽』，當然，也不覺得自己是你的『母親』。」

12 譯注：「媽媽活」為「爸爸活」的異性版本，即年輕男子透過與富裕的中高齡女性約會，獲取金錢或物質上的回饋。

「我也不覺得我是牧名小姐的兒子。」這句話有三、四成是謊言。但我打算仔細思考後，再整理出頭緒修正。因此嚴格來說，這並不算是撒謊。

「這樣啊。那麼，我們的關係就不能稱作『媽媽活』了，這點我們達成了共識。接下來，主觀或客觀地思考一下，更貼近現實的描述……我認為是『我在剝削你的美』。你會覺得受傷嗎？」

「不會。」

這點事真的不會傷害我。相反地，她對我的美給予了主觀和客觀上的肯定，讓我感到很滿意，以至於完全沒留意到「剝削」這種事。她說這是「剝削」，但不論與她相處多久，我的美都絲毫無損，連臉上的毛孔都不會因此醜陋地張開。

「打從以前開始，我心中就存在著一種渴望，將美麗的事物留在身邊的渴望。這是一種深嵌在基因裡、無法抹滅的醜陋欲望。按理說，這應該是一種需要靠理性去克服的欲望，但我的意志……我的意志力太薄弱了。這就是我的軟弱……軟弱……必須克……」

她的話聲奇妙地打住。片刻之後，她彷彿在腦海中與某人進行了一場討論，並像得到了確認般回過神來，接著說下去。

「我是軟弱的。我了解自己的軟弱。正是因為這份軟弱，讓我能夠在世界的每一個角落，以敏銳的眼光發現那些造型優美、質地堅固的建築物。面對建築物的美，即使我動用所有渺小的理性去對抗，終究也只能粉身碎骨。我知道這樣或許並不恰當，但在欣賞這些美麗事物的同時，和人喝著酒、聊著天，這讓我感受到無比的幸福。這種幸福，是其他任何事物都無法替代的，讓我覺得能夠生於這世上，真是一件美好的事。也許這樣的話不該說出口，但對於那些造型和質地毫不美麗的物體，我連一丁點都不想讓它們進入我的視野。有時候，面對那些醜陋事物占了壓倒性多數的現實，真教人無法忍受。

「軟弱的我，能在這樣的世界中發現了如你這般美麗的建築物，讓我得以抱著希望：啊，人類居然可以美到這種程度！你帶給我的力量，遠遠超過你所能想像。我想為此支付相應的代價。不光是請你吃飯，如果你願意，我也可以支付你報酬。不論是建築還是人，都需要費用去維護，對吧？剛才在飯店房間，你碰了我，我很開心。如果你能夠更接近我，甚至進入我，我肯定會欣喜若狂。

「不過，對我而言，美的剝削和性的剝削，是全然不同層次的事。它們也並非彼此的延續。因此我請求你，如果你感受到哪怕一絲我對你造成了性的傷害，請在那瞬間就殺了我吧。請將我折磨到等同你所承受的痛苦的程度，然後確實殺了我。因為性犯罪者不應該活在這個世界上，連一秒鐘都不行。」

我們走進標示限高三．三公尺的千駄谷站高架橋下。隨著視野的明暗變化，她的聲音在混凝土牆間迴響。這樣走著，我多次產生奇妙的錯覺，彷彿自己只能存在於她的聲音之中。但假如我真是如此的存在，也沒什麼好奇怪的。然而，我對於自己理所當然地接受這一切感到可笑，也覺得滑稽。這感覺實在太可笑、太滑稽了，但我不知道該怎麼描述，別人才會理解，或是與我一同笑出來。因此，我只是靜靜地聽著她的話題逐漸染上祕密的色彩，就像周遭逐漸延伸的陰影。

「而且，我本來就不擅長與人同心協力。無法掌控覺得舒服的時間點，這讓我備感壓力。我真正想表達的是，你不需要回到飯店之後，感到非跟我上床不可、或者非燃起性欲不可。我非常喜歡你，我不想要喜歡的人受傷。不應該讓喜歡的人留下受傷的記憶。哪怕只是連一秒鐘也不行……假設你眼前有個女人這樣說，你覺得如何？」

等到我視野恢復明亮後，回答道：

「別再假設了，建築師牧名沙羅就在這裡。我看得到妳，也聽得到妳。」

「我在這裡啊。」她喃喃說著，彷彿頭一次知曉這個事實。

穿出高架橋，又步行幾分鐘，穿過矮公寓林立的住宅區，新宿御苑的千駄谷門悄然出現在眼前。她停下腳步，輕倚著欄柵凝視御苑內部，等待周圍人潮散去，僅剩蟬聲充斥體內。隨後，她毫不費力地做出了我曾猜測她可能會做、但直到發生前都不敢相信她真的會去做的事。

她脫下高跟鞋，將鞋子與手提包一併拋到柵欄另一邊，然後赤腳踩上石牆，借著「新宿御苑參觀指南」的牌子一蹬。上一秒她還冷靜地提醒我「小心欄柵生鏽的地方」，下一秒她已經俯視我，站在門柱石上微笑道：「皮拉提斯鍛鍊出來的柔軟度，如何？」

待我回過神來，她的身體已輕盈地進入了另一邊的世界。

我想起她說過的話：「我支配欲很強。」她成為建築師，而非數學家，或許正因為她強烈的支配欲。作為一名女性建築師，她想支配的，是現實本身。當我遲來地意識到這顯然理所應當之事時，她已穿過千駄谷門的鐘樓下，將我們同樣身為人類，卻又截然不同的本質差異，赤裸裸地展現在我面前。她能看到未來，而我看不到。她能預見下一秒、明天、明年自己將身處何地、做什麼，因此無需停留，甚至索性輕巧地翻越緊閉的門。看得見未來，聽起來就像是超能力；但並非那類能力，而是她從心底發自本能地相信自己所看到的未來景象。因為深信不疑，她毫不畏懼，只需按著答案般的願景行動，未來就會自動成為現實。而我，只是聽說未來就在遙遠的某處，卻從未真正相信過。

她的背影已遙遙遠去，似乎消失在未來，而我眼中仍是現在與過去。我聽見自己的聲音從過去響起，說著：「不要走。」不要走，媽媽。守法才行啊。要是成了罪犯，我們就無法一起生活了。既然我們活在滿是規範的世界，就應該遵守規範啊。

深夜關閉後的新宿御苑，從白天人們悠哉散步的庭園轉換成另一張面孔。應該說，我與那空間的關係轉換成截然不同的樣貌。我彷彿不再行走於御苑，而是御苑讓我行走。怎麼說呢，那感覺就像原本應存在於內心的思緒或情感，轉移到了御苑的風與草地上。內心的紛亂嘈雜，並非出於不安，而是因為將叢生樹葉的摩擦聲誤以為是自己的心跳，但樹比我的心更為龐大，因此那份不安也更加沉重。每一片樹葉的聲音，都像是等待被翻譯的祕密暗號。姑且不論正確與否，或許這也是自古人們將語言稱為葉片[13]的原因，當聲音從耳朵滲透進我的全身，沁入五臟六腑，我便澈底地理解了。倘若所有的語言都能像這樣安頓於肺腑，話語和現實就不會再分離，而她也能因此離開監獄。

我一度丟失了她的身影，心臟幾乎停止跳動。但當我經過池橋，走過星巴克時，我看見她站在廣大的草坪中央。她的身影散發出如同獨自被遺棄在一座遭破壞的城市中的哀傷，以腳尖翻動著堆放在地面的板子。那些木板是白天抗議活動用的手舉牌，不知是忘了帶走，或是明天還要抗議而暫留在那裡。最大且最醒目的一塊長方形塑膠

13　譯注：日文中意為話語、語言的「ことば」，漢字即為「言葉」。亦有「言の葉」的說法。

手舉牌上印著「Homo miserabilis」（悲慘之人）的文字，上頭被畫了一個巨大的黑色叉叉，一旁寫著：「罪犯就是罪犯。請同情被害者」、「瀨戶正樹是讓日本墮落的惡魔」、「瀨戶正樹不可原諒」、「不要拿稅金養罪犯」、「保護我們的東京」。強風吹過，以薄木板和硬紙板製成的標語隨塵土與樹葉飄動。

幾天前，我在網上看到，預計興建於御苑的監獄高度將僅次於晴空塔和東京鐵塔。我放眼望向遠方，茂密樹林間的NTT DoCoMo代代木大廈，猶如自動筆的前端般露出約三分之一的身影。我不禁想像：居然會比它還高嗎？那樣的高度，對我或東京都民來說，都將產生深遠的意義。國立競技場再怎麼龐大、設計再怎麼奇特，若非親身前往，日常生活中很難意識到其存在。但高聳的建築物不同，屆時所有都民應該可從新宿的每個角度看到監獄塔，就算在新宿以外，只要視野開闊，也能一眼找到它吧。有塔的景色，即將成為某些人的人生一部分。比如，有些人每天早上一拉開窗簾，就會被迫同情塔內的人。於我而言，「被迫同情」顯然是一種暴力，但或許對某些人來說，這份同情能與優越感產生連結，從中感到愉快。總之，那是足以影響人們心理的高度。

我趕上正在凝神注視手舉牌文字的她。

「妳讀過《Homo miserabilis》嗎？」我問道。我打算以這本書為契機，依據她的反應，揭露我的祕密。

「讀過。也不算讀，是聽有聲書聽完的。」

「妳記得第二章裡出現的A子嗎？」

「A子。」

她將手指抵住太陽穴，閉起眼睛，彷彿試圖觸碰遙遠的記憶。

我見狀，換了個問題：

「牧名小姐，妳覺得『Homo miserabilis』這個概念怎麼樣？妳覺得真的有必要建造一座讓強姦犯和殺人犯過著幸福生活的塔嗎？而且還是在都心正中央，以片假名和英語命名的塔。我不懂什麼是社會融合或社會福利，但這樣的未來能夠讓一切變得公平、平等，一切變得更美好嗎？」

「你問我，我也答不上來。我這輩子和犯罪一點牽扯也沒有，我沒有資格提出看法。」

「牧名小姐只是個建築師。我並不是要求妳對社會提出任何正當的批判，所以沒必要像政治人物一樣義正詞嚴。我只是單純想知道牧名小姐的想法。即使措辭不恰當也無所謂，就算是帶有歧視性的發言也無所謂。」

「我明白。但只要我對這件事開口，就一定會說出不該說的話。所以，別逼我。我不能說那些不該說的話。我不能傷害任何人。我必須對自己說出的每句話、每個行動負起責任。」

她閉著眼睛，聲音聽起來就像在對自己唸誦某種真言。但她的聲音顫抖得厲害，讓人懷疑她是否站在震動的地基上。

「嗯。可是，這裡只有妳和我。在這座關門後的御苑裡，不可能有任何正經的人。我甚至覺得想被妳傷害，想聽妳說那些不該說的話，狠狠地受傷一次。」

「你想？」她笑了，表情就像自己先狠狠地受了傷。「我不懂，你怎麼會覺得自己想被傷害。怎麼會有人想受傷？」

「我也不清楚……大概是，我想在某天真正受傷之前，在被某個陌生人傷害之前，先讓牧名小姐傷害我一回。也許我只是想知道，當我被傷得體無完膚、幾乎再也無法站起來，被剝奪了人類的尊嚴和希望之後，我還剩下些什麼，或者又會失去什麼。」

「不行的。因為，如果我說了那些不該說的話，我——」

她的話戛然而止，露出了完美而中立的微笑，隨即別開目光。

接著，她仰望正上方的天空，裸露出頸項，彷彿迎接著從任何一處砍落的刀子般，對著天空說起話來。

**……我現在站立的這個地點，剛好會是東京都同情塔的大門。穿過隨著塔的興建全新打造的『同情門』，沿著整齊排列的法國梧桐樹前行，便能看見塔的全貌。你可以這樣想像：國立競技場與東京都同情塔——或者說，札哈．哈蒂與牧名沙羅——就像一對母女。母親是國立競技場，女兒則是同情塔。我將在入口區域設計一個與國立競技場空中步道曲線相連的動態起伏大階梯。這樣的空間設計，能讓訪**

客從競技場散步到塔的過程中，觸覺體驗到兩者靈魂的聯繫，為整座城市帶來協調的和諧感。此外，這座塔不僅會影響御苑的遊客，也會影響競技場內八萬名運動員及觀眾的視野。我希望透過這座建築，提供一種特殊的體驗：當人們仰望這座塔時，能從內心深處感受到人類和平與尊嚴的力量。

這兩座建築物的外形和用途截然不同，但其核心精神是一致的。換言之，**Homo miserabilis**（悲慘的人類）與**Homo felix**（幸福的人類）是共享苦樂的平等同胞，亦是同樣追求和平理想的人類。這一點，將在城市的核心地帶得到體現。

從大階梯到塔的低樓層部分，會設置向御苑遊客及市民開放的公共空間。這個入口將成為一個培養同情、同理心與團結的場域，並象徵著對多樣性與不同背景的尊重，以及攜手共生的理念。走進塔

**內，會產生一種矛盾感，就好像那裡並非建築物的內部。這是因為塔的結構採用宛如完美蛋糕般的圓柱設計，從中心到圓周的每一點距離完全相等，沒有正面或背面的概念，因此也不存在主要的入口……**

東京都同情塔逐步從女建築師的口中建構起來，但我完全不覺得這是出自牧名沙羅的話。我總覺得，她堆砌出的語句像是在哪裡聽過似的。當我試圖追溯記憶，突然想到，這不就像是ＡＩ生成的文章嗎？那是宛如濃縮了世人平均的願望，同時又將批判壓縮到最小的模範答案。和平，平等，尊嚴，尊重，同理，共生……我腦海中不禁浮現才剛輸入問題，就立刻捲動視窗吐出的急躁文字。想像它們滔滔不絕地湧出那些積極正向卻貧乏的文字，不論她的聲音再響亮，聽起來也全是AI-built的內容。不知為何，我對文字生成ＡＩ湧出一股奇妙的憐憫感。真可憐，我心想。ＡＩ連拼湊他人的文字串接出來的文章意味著什麼、要向誰傳達都不知道，只能不斷重複那些照本宣科的文字。這樣的存在豈非無比空虛且痛苦至極嗎？我對此深感同情。然而，ＡＩ沒有苦樂、沒有生命，也不會受傷，我的同情因此毫無意義。畢竟，不是每個人都能輕鬆駕馭語言，但至少人類在不想說話時，還可以選擇閉嘴。

我懷著奇妙的感受，看著ＡＩ生成的語句透過她的口，穿過我的耳，在我腦海中以扎實的觸感與建起堅固的高塔。添加細節，塔內的格局漸漸鮮明。最後，這座塔從我局促的想像中跳脫出來，遷徙到位於草地與法國梧桐行道樹之間的柏油路上。朝天際延伸的高塔將御苑濃密的夜空一分為二。其上無數的窗戶溢出金色的光芒。眼前的高塔擁有如此逼真的質量感，讓人難以斷定它只是妄想。

塔已然正大光明地屹立在東京的正中央，無可掩蓋。然而在我眼中，這座建築無論從哪個角度看，都是一種破壞。是一種無異於扔下飛彈或遭受轟炸般無可挽回的破壞。這種破壞披著一層如競技場般美麗的外衣，因此未來勢必會有許多人稱它為「創造」、「希望」或「平等的象徵」。**認同多元、攜手共生**，無疑是一件美好的事。然而，此刻我眼中所見，卻是一場不容錯認、拒絕任何異議的壓倒性破壞。我無法說服所有人承認它是「破壞」，但對我而言，它就是破壞。而我深知，作為一個既非高額納稅人、又對世界毫無影響力的升斗小民，面對破壞，我唯一能做的，便是搶先學習並適應破壞後的新世界規則。否則，我將無望在這個世界苟活。至今如此，往後亦是如此。

巨塔的出現，彷彿將原本應該僅存於我內心深處的想法和感情一併拖出了腦海。我感到自身逐漸變得空洞，陷入突如其來的暴力強光之中，眼花繚亂。我的身體感受到，那座塔擁有意志，並且強烈渴望著我。我必須回應塔的要求。我必須讓它成為我的棲身之所。我應該被同情。這莫名其妙的義務與篤定，如流水般滲透進我的毛孔，逐漸擴散全身，將我吞噬殆盡。這時，我產生了一種來自經驗的極為不祥的預感：將來某一天，我會將這些原本不理解的話語奉為至高無上的準則。對此，我既無話語可對抗，也不認為對抗有何意義。當我察覺時，我的意識早已澈底被塔吞噬。建築塔的話聲早已中斷、女建築師倒在地上，我麻木無感。即使看著她以環抱自己的姿勢躺在圓柱高塔的基座，我也一時想不起她究竟是誰。

媽？

但當我看到她咬緊的嘴脣滲出鮮血，我才意識到自己認錯人了。

牧名小姐。

我叫喚她的名字，細微到幾乎看不見的粒子傾瀉在我的臉上。是沙。混凝土凝固前的沙。可是，怎麼會有沙？我還來不及細想，那座支撐高塔的堅固柱子便突然間崩塌了。我在一片漆黑的沙塵中目睹大量的沙土在瞬間吞沒了女建築師。不過，那究竟是怎麼一回事？塔外的記憶模糊到幾乎無法與夢境區分開來。而這種模糊，不僅是記憶力的問題，更像是試圖抹去內外之分、過去與未來之別，以及曾經使用的語言。

■

**Takt[14]：【翻譯成自然的日文**

**「Between Sympathy Tower Tokyo and Tokyo-to Dojo-to: Interior**

of the "Prison" Tower in Tokyo」

By Max Klein Aug.2030

This is my third visit to Tokyo. The first time was during the 2020 Tokyo Olympics……

AI-built：【以下是自然的日文翻譯。

「Sympathy Tower Tokyo與東京都同情塔之間：探索東京『監獄』塔的內部」

馬克斯・克萊恩　二〇三〇年八月

---

14 譯注：Takt為拓人（日文發音為Takuto）的英文。

這是我第三度造訪東京。第一次是在十年前，二〇二〇年東京奧運舉辦期間，因配合防疫隔離政策，我前後停留了六十天。這段期間，我和美麗的日本女子直美相戀，為我的首度東京之旅留下了美好的回憶。第二次到訪東京，正值日本某男子偶像演藝經紀公司爆出史上最嚴重的醜聞。採訪工作本身只花了一週左右。而這次，我和另一位美麗的日本女子京子相戀，推遲了兩週才回國。當時的採訪成果，分別以〈重於人命的體育賽事：疫情下的奧運〉與〈美少年的笑容屬於誰？：性欲與沉默所孕育的音樂〉兩篇報導公開，現在仍可免費閱讀。直美、京子，你們過得還好嗎？雖然僅是持續短短數週的關係，但我由衷珍愛她們如黃金般光亮絲滑的肌膚。自從與日本女子交歡後，我便發現自己只能藉著她們的形象來自慰，這真是個嚴重的問題。我會妄想全裸的日本女子雙手按住我的頭，以帶著濃重母音的日本腟英語嬌喊「搜固的！」「法斯塔！」「哀姆卡敏！」的場景，這讓我無比興奮，彷彿直衝天堂。我總覺得，自己肯定是為了和日本女子做愛而來到這個世上。這種想法與日俱增，而第三次的東京之旅，讓這股信念變得更加堅定。

在此，我得先提醒那些不熟悉我的讀者。上述兩篇文章曾被批評為助長對日本人的歧視，此後，我馬克斯．克萊恩就被世人貼上了「種族主義者」的標籤。或許我不該挑釁似地說出「日本人區別內外、重視和諧的國民性，讓他們的思維變得僵化」這樣的話。如今，我的工作量銳減，每天都會收到數十封咒罵郵件。要證明自己並非種族主義者非常困難，我也並不否認，身為一名三流記者，我確實缺乏在不傷害他人的情況下傳達真相的高超寫作技巧。倘若有哪位品德高尚的讀者不慎誤入這個低俗的八卦網站，並被迫閱讀後續報導內容，我建議你將全文複製，餵給文字生成ＡＩ，請它「將這篇人渣種族主義者的垃圾文章修改成高雅的文字」。這或許才是對正在掠奪隨時可取代的文字寫手工作的垃圾ＡＩ的正確使用方式。這次的主題涉及日本前衛的監獄設施，可以輕易想見，內容會比我平常的文字更加充斥著偏見。因此，立刻右鍵全選，才是聰明的做法。不知道從什麼時候開始，這個世界的規則手冊就像死亡筆記本的第一頁，多了一句「讓別人不爽的人都去死」這行字。但無庸置疑，最讓我不爽的，正是那些批評我缺乏善良品性的垃圾讀者他媽的狹隘心胸。

我沒讀過維克多．雨果的《悲慘世界》（在這個YouTube和有聲書當道的時代，誰還有時間去讀兩千多頁的小說？），但湯姆．霍伯拍的電影版，我倒是看了兩次。化上垂死妝容的休．傑克曼和剃光頭的安・海瑟薇的演技，讓我哭到頭都痛了。尚萬強為了餵飽因窮困而飢餓的甥姪，偷了一塊麵包，卻因此被判刑，坐了長達十九年的苦牢。誰能不為他感到同情？即便尚萬強偷了我們的銀器，如果我們知道他會因此改過自新成為好人，我們就應當欣然將銀燭臺送給他。人類與動物的差別不僅在於會不會說話，而在於能否同情弱者。

東京的新地標「Sympathy Tower Tokyo」正是為了以更具體、更積極的形式去同情、援助可憐的現代尚萬強們所建，而非僅僅停留於表面上喊喊口號。在親眼目睹之前，我也不敢相信這座建築竟能真的落成，並未以「未建築」的藍圖告終。（關於這座塔的建設過程、塔內豪華設施、入住條件等，本文便不再贅述。有興趣的讀者可以參考信譽良好的主流媒體發布的文章。我推薦麗莎・麥肯齊的〈全世界最幸福的監獄：Homo miserabilis的烏托邦〉。麥肯齊大力讚揚日本人的寬容，並透過與挪威哈爾登監獄的比較，指出提升福利與降低犯罪率的相關性。文章結尾還提到：「美國的監獄也應當效法。」另一篇值得推薦的文章是加布里埃爾・史塔巴格的〈Sympathy Tower Tokyo所描繪的反烏托邦：日本平等主義者夢想中的無限未來〉。史塔巴格對於東京最先進的監獄抱持悲觀的看法：「這是過度包容多元化與平等思想的悲慘結果。」兩篇文章的觀點截然不同，但都理性且簡潔地總結出要點。）

如果迷宮般複雜的新宿車站會讓你暈頭轉向，別擔心，前往Sympathy Tower Tokyo 完全不必擔心迷路。一走出車站，高達七十一層的巨形圓柱塔就如同「老大哥」般俯瞰著你。你就像被古代巨岩吸引的猴子般，朝巨塔步行約五分鐘，便可抵達深受居民喜愛的國民公園，一片被視為都心綠洲的綠意盎然之地。在入口處支付相當於一杯中杯星巴克拿鐵的入園費，遍覽美麗的庭園景觀，沒多久就會遇見動態起伏的流線型大階梯。

這座通往塔入口的階梯，與庭園草坪融為一體，成為家庭與情侶出遊休憩的場地。階梯最上層，巨塔入口附近的長椅上，一位二十出頭的日本年輕母親正與年幼的孩子共享著三明治，我決定與她攀談。

「妳知道這裡是監獄（Prison）嗎？」

與我同行的口譯人員幫忙翻譯成日語。

「這裡不是監獄。」年輕母親糾正我。「你在找監獄？如果是找監獄，要去府中，若是拘留所，應該是在叫小菅的地方……這裡不是監獄，是『同情塔』。」

這時，她的兒子活潑地插嘴，強調道：

「是東京都同情塔！」

東京都同情塔？

我詢問口譯這句話的意思，他解釋差不多就是「Sympathy Tower Tokyo」的日文直譯，是日本人對這座巨塔廣泛使用的暱稱（以下本文將統一稱其為「同情塔」。使用剛學到的詞彙很有趣，況且我很喜歡這個詞綿長的音韻節奏）。

「可是，這裡面關的是罪犯吧？」我追問那對母子。「那道門後面，有一群日本黑道或連續殺人犯，對吧？妳帶著小孩，難道不怕嗎？萬一那道自動門後走出剛服完刑的毒蟲，妳要怎麼辦？」

「有什麼好怕的呢？不論是住在塔內還是塔外，大家都一樣是人，活在相同的世界裡啊。」

這位不僅外表美麗，連心靈都無比純淨的年輕母親，露出了慈悲的微笑，將小兒子緊緊擁入懷裡。我不禁感到芒刺在背，彷彿自己就是個狹隘邪惡的種族主義者。

但其實，我對這位年輕母親提出的疑問，有些文不對題。因為同情塔當時雖已落成將滿半年，卻尚未有任何一名 **Homo miserabilis** 出獄。即便刑期已滿，他們仍有權選擇無限期延長拘留期。而截至目前，沒有任何一個人想要走出同情塔的大門，重獲自由。

這是為什麼？只要走進塔內，這個疑問便可迎刃而解。在這裡，誰對誰錯的爭執毫無意義。任何人都可以從塔的三六〇度自動門進入，門一開啟，圍繞圓柱形牆面的窗戶灑進充足的自然光，極力抹去內外界線的開放式設計，完美地體現了傳奇建築師牧名沙羅的意圖。建築師成功地讓每一個踏入塔內的人感受到：我們所處的世界，才是真正的牢籠。

雖然官方否認，但許多知識分子指出，「同情塔其實是一個基本收入實驗場」。過去，我也曾認同這番說法。然而，當我親身走進塔內，我不得不承認，這裡與每個月不負責任地發放固定金額的制度，是層次截然不同的兩個世界。光是嶄新且精緻的空間設計，便能帶給人遠遠超越金錢獎勵的精神滿足。雖然可以用「自我肯定感」或「幸福感」這類常見的詞彙來概括這種體驗，但我更覺得自己彷彿全身沐浴在平等與關懷的水花裡，連靈魂的毛孔都被澈底潔淨。在塔內，我連一秒鐘都不願談論骯髒的金錢。我要永遠戒除髒話。容我在此稍微賣弄微薄的文學知識賺點字數。三島由紀夫的《金閣寺》中有這麼一段：「從認知的角度來看，世界是恆久不變的，也是恆久變化的。」對此，忘了是主角還是配角回答：「改變世界的是行動。唯有行動。」而這座同情塔，卻是從認知與行動雙面夾擊，澈底改變了世界。這座塔壓倒性的美，幾乎能讓因口吃而自卑的青年放棄縱火的念頭[15]。一時間，我被深深震撼得說不出話來。

我在櫃檯報上姓名，很快地，那位「行走的美」朝我走來，更進一步震撼了心緒恍惚中的我。一位媲美全盛時期BTS成員的美青年（照片1）登場了。他名叫拓人，今年二十六歲，沒有犯罪紀錄，是居住在同情塔內執勤的「Supporter」（舊稱獄警）。拓人曾經是一家高級名牌服飾店的店員，由於受到牧名沙羅的建築所吸引，最終決心轉行。他坦言自己在二〇二六年第一次看到SARA MAKINA Architect公開競圖用的同情塔完工預想圖時，便感受到命運的召喚：「我必須住進這座塔裡。」順利成為正式職員後，除了協助Homo miserabilis

15 譯注：三島由紀夫的名作《金閣寺》中，描述一位因金閣寺的美而著魔的學僧，最後縱火將其燒燬。

的日常起居外，還擔任公關人員，負責接待各家媒體採訪。

「住在同情塔裡是什麼感覺？」我問道。身著一襲布料散發著光澤的名牌西裝，拓人（照片2）露出陽光般的耀眼笑容（照片3）回答道：

「幸福得難以言喻。」（「難以言喻」這麼方便的詞真是絕無僅有。）

順帶一提，聽說塔內沒有制服或囚衣。居民可以使用發放的個人援助金，自由上網購買喜歡的服裝。那麼，該如何區分Supporter和Homo miserabilis呢？我提出這個問題，拓人沉思片刻，答道：

「並不需要特別區分兩者。」

「Homo miserabilis不會冒充Supporter逃獄嗎？」

「不會的、不會的。」

那位富裕、幸福、幾乎擁有一切、前途無量的俊秀年輕人笑著搖搖頭，彷彿聽到了什麼幽默的笑話。

目前，只有律師和親屬可以探視 Homo miserabilis，因此我無法直接採訪他們。但我能隔著玻璃，觀察塔內極受歡迎的設施——天空圖書館。我搭乘電梯，享受著身體垂直升向天空的愉悅感，抵達頂樓。這座跨越七十層與七十一層的圖書館，能將東京壯觀的街景盡收眼底。據說幾天前，這裡成了觀賞煙火大會的特等席。圖書館內，使用者穿著 Uniqlo、H&M 或 ZARA 的服飾，當然沒有戴手銬，在書架間挑選書籍、在桌前學習，或欣賞光碟影片，各自徜徉著自由時光。這幕景象與市民圖書館並無二致。由於這畫面實在過於自然，因此我第一時間並未發現，在這裡，男女共處在同一個空間裡。在傳統監獄的常識中，一般會分為男監女監，但考慮到同情塔核心的平等思想，若是將男女的活動空間分開，似乎會與其理念相互矛盾。

我的目光停留在一名坐在沙發喝咖啡，優雅地翻閱雜誌的美麗女子身上。為了避免陷入不必要的戀情，我問拓人：「那個在看雜誌的女人，她的罪名是什麼？」Homo miserabilis 的資訊應該都受到系統管理。只見拓人取出平板電腦，將鏡頭對準她，回答道：「詐欺罪。」

那名前詐騙犯女子時不時從雜誌上移開目光，一臉得意洋洋地（筆者偏見）俯瞰著聚集在新宿御苑的塔外人群。我望著她，心中生出一個疑問：Homo miserabilis 的生活，與新宿的超高級塔樓公寓裡大白天便悠然自得的名流生活，究竟有何不同？最大的差別之一，自然是 Homo miserabilis 無法外出。雖然塔內警備相對寬鬆，但在肉體上，他們仍受到拘束及管理，這一點無異於傳統監獄。另一個顯著的差別是，名流必須自行支付昂貴的房租，而 Homo miserabilis 的房租卻是由塔外辛勤勞動的納稅人支付……想到這個事實，我不覺陷入恐慌，情不自禁地高舉雙手捶打玻璃，大喊：

「FUUUUUUUUUUCK！！！我也要住進同情塔！！！」

前詐騙犯似乎被透明玻璃的震動嚇到，轉頭看向我們。但玻璃的隔音效果似乎很好，聽不到外部的聲響。她只是微微歪著頭，朝我露出了憐憫的眼神。

「喂，拓人！這種世界根本就是他媽的一坨屎！」來自內心強烈的妒火，讓我無法克制對著眼前的俊美青年罵起了髒話。「拓人，你在這裡工作，難道不會對女詐騙犯那些傢伙火冒三丈嗎？日本人到底要寬容到什麼地步？簡直不敢相信。這種垃圾塔，根本教人無法接受！他媽的垃圾塔！最好塌了！」

拓人只是含糊地微笑，點了點頭，像是肯定，也像是否定。他不是在唬弄我。這種模稜兩可的微笑是日本人共通的、體恤旁人的一種禮節。

「馬克斯先生想要住進同情塔嗎？還是無法接受同情塔？」拓人冷靜地問。

我一時間略感尷尬，卻仍堅定地回答：

「要是能住進這裡，我當然願意。但如果你問我是否願意為了住進這裡而犯罪，答案是NO。就算是惡名昭彰的馬克斯．克萊恩，也還沒有自甘墮落到這種地步。」

「即使不犯法，只要擁有日本國籍，並且被認定為值得同情的人，您也有權利住進這座塔。只要是身世悲慘而被迫走上歧途的人，都有資格。您要接受同情測試嗎？」

同情測試，我當然知道這玩意兒。

Q　你的父母曾經對你家暴嗎？

—是。不是。不知道。

Q 你經歷過經濟上的窮困嗎？

—是。不是。不知道。

Q 你覺得自己的外貌不如人嗎？

—是。不是。不知道。

Q 你曾經渴望變成別人嗎？

—是。不是。不知道。

回答這些令人沮喪的問題後，垃圾AI會著手診斷，判斷你是否為真正值得同情的人。但我嚴正拒絕接受同情測試。因為我極度害怕面對自己的同情指數。

我坦率地承認這一點，拓人表示理解，說道：「這麼說來，我以前也是這樣。我不想被任何人同情。但是住進塔裡後，就不太在意別人如何看待自己。因為在這裡，人人平等。」

「平等嗎？我打從娘胎出來，就沒見過什麼平等。或許是因為我連平等長什麼樣都不知道，就算它從我旁邊經過，我也不會發現吧……」

「我想，那是因為馬克斯先生習慣『比較』。瀨戶正樹曾說，一切的不幸，皆始於與他人的比較。」拓人的語氣淡漠，像是在完成例行公事。這應該是他在接受媒體採訪時的慣用說詞。想到瀨戶正樹的悲慘結局，我心中不由得感到一陣難受。

「這裡禁止任何『比較』的語言。」拓人補充道。

「什麼意思？」

「比方說，不能使用『比起什麼，什麼更怎麼樣』這樣的句型。」

「嗄？」

「Homo miserabilis 必須是幸福的。塔內規定，與他人比較是禁忌。比如，社群媒體就是比較的極致，因此在這裡完全禁止使用、瀏覽社群。」

「啊，這我當然知道，麗莎・麥肯齊的文章裡提過。烏托邦與資訊封鎖密不可分，而反烏托邦亦是如此。」

其實，我本可以學習日本人那一套，笑笑帶過，敷衍了事。但突如其來的自我憐憫與對文字審查的強烈抗拒，似乎點燃了一個本該早已鏽蝕的記者魂。我嚴肅起來，決心揭發這座「監獄」塔的黑暗，連同日本人不願面對的黑暗。目標普立茲獎。

「拓人，我不知道你是否有權回答，但請容我代表全世界對這座塔充滿疑問的人來發問。這裡絕不僅僅是一座施捨同情的塔，背後肯定隱藏著某些不為人知的真相。世人對這座塔的種種議論，你應該也有所耳聞吧?其中,還出現了宛如科幻作品般的陰謀論,說這裡是不惜動用稅金,以合法手段囚禁社會累贅,對『劣等』基因進行長期安樂死的機構。但無論是科幻作品還是陰謀論,對我而言,都似乎比那些冠冕堂皇的說詞更具說服力。因為人類本質上就是自私自利的生物,不是嗎?別說自私自利,有時甚至會希望與自己無關的人過得比自己更慘。如果每個人都能對他人寬容,真正發自內心地渴望平等,又怎麼會發生國土分裂或戰爭呢?遺憾的是,現實並非如此。無論說再多美好的口號,比如『我們應該善待悲慘之人』,在現實面前,屁話就是半點屁用都沒有。歷史早就證明了這一點。這也是為什麼,即使到了二〇三〇年,像我這樣的『人渣種族主義者』依然不會絕跡。拓人,要是有陌生人擅闖你家的院子,你難道不會將他們轟出去嗎?我相信,就算是你,也必然有個怎麼樣就是氣不過、無法原諒的人吧？」

「無法原諒的人？」拓人露出整齊的牙齒微笑著說：「這倒沒有。我不容易生氣，只要好好睡上一覺，大部分的問題自然會迎刃而解。」

我要再次強調，拓人是一位極其和藹可親的青年。然而，他那天真無邪的笑容卻成了導火線，引爆了我這十年來對日本人靜默無聲卻逐步積累的不信任。我無意隱瞞什麼。我相信，坦白曝露自身的不堪，正是接受自身軟弱的第一步。接下來，我將原原本本地記錄下錄音機裡的一字一句。

「如果這番話冒犯了你，我先向你道歉（容我先聲明）。自從二〇二〇年奧運會以及男子偶像演藝經紀公司爆發醜聞以來，我就再也無法不帶偏見地看待日本人。至今，我透過口譯與上百名日本人交流，也投入大量時間撰寫關於日本的報導。然而，即便如此，我依然無法透過語言準確描繪出日本人的特質。我甚至懷疑，或許根本沒有人能夠以語言捕捉你們的真實面貌。因為即便傾盡千言萬語，與日本人之間的交流，似乎仍無法超越語言的界限。語言，永遠只是一種形式。語言只是一種無法在任何國家流通的紙鈔。它是擁有再多，卻換不到實際價值的貨幣。我知道，你們在沉默與中立的微笑背後，隱藏著比說出口的話更多的思考。這真的快將我逼瘋了。

「每次談及這種話題，都會惹來我亂開地圖炮的批判，但從某個時期開始，我發現每一位與我交談的日本人，看起來彷彿是一模一樣的生物。就像一字排開的鬱金香，缺乏個性。就像穿著療癒系吉祥物裝一樣，掛著沉默與中立的微笑，靈活地區分真心話與場面話、自己人與外人。像是美麗的黃色鬱金香，優雅地以謊言應對一切。日本人太習慣於此，逐漸失去了正在撒謊的自覺。不，嚴格地說，你們甚至沒有撒謊。我不禁想，你們使用的語言本身，是不是從頭到尾就是為了撒謊所堆砌出來的語言？你們說『我只要好好地睡上一覺，大部分的問題都會好轉』？這是在開我玩笑嗎？抱歉，我知道我這話過於尖銳，但我這人有病，一開口就停不下來。請不要同情我。我無法忍受被當成無助的存在。

「拓人，你能告訴我，這些語言的祕密是什麼嗎？身為一個不懂日語的人，我完全無法理解那些homo啦、miserabilis，還有什麼felix。你們為什麼要不斷地從和日語毫無淵源的語言中製造新詞，來混亂自己的語言？這座建築在官方上被稱為『Sympathy Tower Tokyo』，但日本人私下卻用另一個名字叫它，這是為什麼？Sympathy Tower Tokyo和東京都同情塔之間到底藏著什麼玄機？你們不斷生成話語的行為，是想要掩蓋什麼？如果日本人拋棄了日語，你們還剩下什麼？」

「還剩下什麼呢？」

拓人側了側頭，說了一句「我查一下」，然後一臉嚴肅地在平板螢幕上拚命滑動手指。他看起來像是為了回答我的問題而絞盡腦汁，但前提是，他並不是一個優秀的演員。我不動聲色地瞥了眼螢幕，看見熟悉的文字生成ＡＩ對話介面。問題。回答。問題。回答。

五分鐘後，拓人歉疚地說：

「對不起，我和ＡＩ似乎都無法好好回答你的問題。不過，我想到了一位我認識的日本女士，她曾經說過類似的話。那是在塔尚未建成之前的事了。她說，要是日本人拋棄了日語，那他們就不再是日本人。」

「是嗎？我很希望能和這位女士聊聊。或許彼此會很投緣。她叫什麼名字？」

「牧名沙羅。」■】

■

彷彿要擊碎玻璃窗的豪雨聲驚醒了我，我感受到強勁的雨水真實地扎進了肌膚的刺痛感。然而，此刻我身在一處具備先進建築技術、並由可信賴的建築師所設計的室內，心下明白身體根本沒沾上一滴雨水，然而，我還是催促自己趕緊起身前往安全的地方避難，匆匆忙忙地跳起來。

不用值班的清晨，即便在夢中被豪雨驚醒，我也並未感到一絲厭煩，反而陷入心房被揪緊般的懷念情緒。那是因為，我驀然間憶起自己曾在足立區租下一間月租五萬五千日圓的薄牆單房公寓時的感受。我真的住過那種地方嗎？或者說，人真的能住在那種每次地震來襲便擔心死期將至的房子裡嗎？我正陶醉在仿如前世記憶般曖昧難辨的回憶中，昨天剩下的工作又將我拉回現實。儘管一半以上的工作已經交由AI-built系統處理，我還是趁著空檔沖了一個痛快的澡，完成盡可能收縮毛孔的肌膚保養流程，然後沖了杯咖啡。此時，足立區那間五萬五千日圓租屋處的感受早已從我的身體消失得無影無蹤，腦海中只留下做為記號的地名與數字。

**Takt：【馬克斯・克萊恩先生，我已經讀完了您傳給我的草稿前半（直到「她叫什麼？」「牧名沙羅。」這裡）。謝謝。報導寫得很棒，耐人尋味。這是我的真心話。正如您在文章裡提到的，從某些角度閱讀，您的文章或許可被歸類為垃圾文章，但它無疑展現了人類特**

有的筆觸與情感深度，而這些都是ＡＩ無法模仿的。希望有一天，我也能擁有只屬於我自身特色的文字。這話並非恭維，也不是基於日本人的禮儀，完全出於真心誠意。以東上拓人的角度來看，這篇文章很ＯＫ，但遺憾的是，Sympathy Tower Tokyo的高層並不同意。他們擔心文章的部分內容可能會引發讀者對塔的誤解，此外，對Homo miserabilis使用Ｆ字眼也是ＮＧ的。即使那是您個人的心聲，不過，侮辱住戶的表述也是不可容忍的。這應是出於幽默感的文化差異，懇請您理解。高層非常重視塔的外界形象，按目前文章的內容，恐怕難以直接發表。或許這有違您供稿的新聞網站方針，但我會將注意事項及修改建議整理給您，請您依據建議修改稿件之後，寄到東上拓人的信箱。還有，我的照片需要放到三張嗎？我認為讀者對我的照片應該興趣不大，建議替換為更多展現塔內部的照片。照片刊出時，請別忘

**了將Homo miserabilis住戶的臉部打上馬賽克。最後，我想您的報導後半應該會是以牧名沙羅的訪談為重點，但請避免提及我和她的私人關係。東上拓人**

**請將以上內容修改為商業信風格，並翻譯成英文。】**

比如在颱風天的清晨，沖了澡，神清氣爽地喝著咖啡，然後眺望狂風暴雨中空無一人的庭園光景，並且將這樣的時光寫成文字或拍照上傳到個人的Twitter上，會怎麼樣呢？並不是那種專門提供給媒體、經過精心構圖的照片，而是身為住在其中的一名小職員，隨手記錄下平凡無奇的晨間高塔一景。如今，社會大眾仍在討論同情塔。再過半年，支持或反對的比例或許會大不相同，但眼下，正反兩方的意見每天都在勢均力敵地交手。Twitter是一個聚集許多積極表達想法的用戶的平臺，像我這樣的小職員，發表些微不足道的觀點或日常點滴，應該也能引起一些迴響。這不禁讓我想到，當「犯罪者」住在「監獄」時，一聲不吭、毫無意見的人，一旦看到「Homo miserabilis」住進了「Sympathy Tower Tokyo」，便忍不住大發議論，將自己的看法訴諸話語，我總覺得這於我而言透著幾分滑稽感。雖然我早就知道自己的笑點異於他人，但近來我逐漸明白，這些令我感到「有趣」的事物，其實涉及某種深刻的機制。當我看見那些在其他生物身上所看不到、人類獨有的特性展露無遺的場面時，我總是忍不住發笑。比如，明明人們看著的是同樣的事物，心裡卻升起截然不同的念頭；又或者，以極端對立的話語彼此碰撞，甚至廝殺。Twitter上的言論便是如此，有時將女建築師讚譽為「為東京帶來美與和平的女神」，有時又唾罵她是「讓社會陷入混亂的魔女」。

如果那些如前世記憶般模糊難辨的記憶是真實的，那麼Twitter

原本就該是為了自言自語而誕生的服務。那時，Twitter並不是暱稱，而是它的正式名稱。然而，如今Twitter用戶卻都在聲嘶力竭地喊出正確的、有意義的、能引發關注的主張，與早期一片自言自語南轅北轍。或許，這正是時光流逝的證明？看來我也變成熟了，居然會不自覺地興起這番老年人的感懷。若說從打工轉正職、如學識之士般引述學者口吻的話語，聲稱一**切的不幸，皆始於與他人的比較**，就意味著成為大人，那麼，我已經是個大人了。過去說過「你會遺忘的……放心」的那人的聲音，帶著真實的質感再度湧入我的腦海。我想點開Twitter看看颱風的最新消息，但所有文字都讓我感覺像在解讀從地底深處挖掘而出數萬年前遺跡上的雕刻文字，我感到一陣厭煩，索性關掉不看。最近，我似乎也稍微能看見未來了。倘若只是預測一分鐘後的未來，我幾乎一清二楚。

**富裕、幸福、幾乎擁有一切、前途無量的俊秀年輕人**。

我停留在螢幕裡那自稱三流的記者形容我的文字，在因咖啡而清醒的腦海中反芻著。眼前浮現出Fuck和Fucking如牙結石般常駐口中的龐大白人男性的身影。那張與情緒連動、擠眉弄眼的臉龐上柔軟的脂肪質感，以及那雙藍色的眼睛深深烙印在我的記憶裡。透過這樣的身體與眼睛，以這樣的形式將我寫成文章，讓我感覺自己彷彿在不知不覺間逐漸增殖，教人坐立難安。

對了，我靈機一動，將自稱種族主義者寫的文字拖曳複製，貼進另一個視窗裡標題為「傳記」的文章中。

〔我只要好好睡一覺，大部分的問題都會自行解決。……倘若全身穿戴著以員工折扣購買的名牌衣飾，再抬頭挺胸，就更是如此了。〕

我輸入〔別人似乎會將我看作〕，然後貼上〔**富裕、幸福、幾乎擁有**

**一切、前途無量的俊秀年輕人**」，並順手在貼上的文字前補上「比如」兩個字。

形同在東上拓人的文字裡，毫無脈絡地嵌進了翻譯後的馬克斯・克萊恩的文字，可看起來卻也毫不突兀。我按下儲存。在那加速眼睛老化的螢幕裡，我又增加了。只要結識新的人，我就會在對方的心中增殖。這並非出於心理作用，而是事實。我撰寫「傳記」的行為，肯定也是在隨意地讓女建築師不斷增殖。這究竟好是壞，我並不清楚。但我仍然想搶在那些從未與她一同散步於新宿御苑閉園後夜色中的人，為她寫下所謂「女神的傳記」或「魔女的傳記」，讓牧名沙羅增殖之前，親自為她留下「女建築師的傳記」。然而，出於一時興起而動筆的這篇文章，卻比我預想的更舉步維艱，我費盡心思為女建築師尋找合適的詞彙時，感覺自己像是囚犯般，被投入了過去冰冷嚴酷的牢獄裡，寸步難行。

**你們使用的語言本身，是不是從一開始就是為了撒謊而建構出來的**？

我這麼想，也是在撒謊嗎？倘若要思考，大腦必然要借助語言。然而，以語言來思考語言，本身就是個巨大的謬誤，完全不是正常人該做的事。如果能停止腦中那些來回穿梭的話語，就能獲得真正的平靜。然而，哪怕只想停下一秒也做不到。因此，我走出了房間，希望至少能稍微改變視野。外界羨慕高塔生活的人，往往會提及這裡昂貴的房租。但身為實際居住塔內的人之一，我認為住在這裡最大的優點，就是只要按下按鈕，便能擺脫陸地世界，讓那些滯留在地面之上的話語得以重設。

「為什麼要將最上層規畫成圖書館？」我曾問過女建築師。當時，她正將設計圖交付競圖，等待結果。

「是為了讓接近天空的Homo miserabilis，不會遺忘地上的語言。」她這樣解釋。然而，在競圖簡報的影片中，她說的卻是另一套說詞——在有效利用自然光線的頂樓圖書館，可以遠離城市的喧囂與擁擠，在放鬆的環境中享受閱讀與學習。「沒辦法啊，捏造語言，也是在競圖中取勝的重要元素。」她自信十足地說。我猶豫了好幾天，考慮是否要將這件事寫進「傳記」，但內心還沒有答案。

電梯在七十樓停下。我利用搬進塔後頻繁濫用的職權，進入了開館時間前的圖書館。我從架上挑了幾本知名建築師的著作，在靠近千駄谷門那一側的窗邊座位坐下來。儘管不可能，但我仍感覺自己身處的地方，比地面更接近雨雲。我凝目觀察著被雨平等地——平等到幾乎想拿來做為「平等」的範本——淋得濕漉漉的東京，覺得就像在看樂高積木所拼成、無人能居住其間的迷你城市，只要我手輕輕一揮，就能將之摧毀。我將筆電放在樂高積木前，敲打著未完的文章。〔之所以模糊，不單是記憶力的問題，更像是試圖拋開內外之分、過去與未來之別，以及曾經使用的語言。〕

〔至於為何想要遺忘，多半還是受到幸福學家的影響〕——我輸入這段文字，隨即刪除，將眼下豆粒大小的國立競技場屋頂握在手中，思考了數分鐘，然後重寫。

〔至於為何想要遺忘，儘管覺得輕易受到影響是一件可恥的事，但幸福學家那番話，似乎仍無可避免地對我的語言造成了影響。

〔四月，塔正式啟用的第一天，幸福學家將Homo miserabilis與職員們召集到入口大廳，發表了一場賀辭。除了過去任職的大學官網上的一張照片外，幸福學家從未在媒體上露面，我想，包括我在內，在場的每個人都是第一次親眼見到他。幸福學家應該年逾五十，但他的模樣十分奇特，彷彿本人完全沒有意識到每年到訪的生日。他外表的老態與年齡相符，但覆蓋著那具身軀的皮膚，卻散發出青少年般的清新氣息。總之，我們懷著「原來真的有瀨戶正樹這個人」的純粹的驚奇，專注聆聽這位時空恍如扭曲的男子溫柔的嗓音。

**〔歡迎來到 Sympathy Tower Tokyo。恭喜各位移送並遷入這裡。今天是各位的新生之日，我由衷祝福各位誕生在這個世界上。……各位還記得搬進塔時所簽下的同意書嗎？雖然內容都已寫明，但在這個重要的日子裡，請允許我再次確認塔內最重要的公約。**

**〔第一條：語言只能用來讓他人和自己幸福。**

**〔第二條：所有無法讓他人和自己幸福的語言都必須遺忘。**

〔……過去，各位在塔外學到的話語，就像被海浪捲走的沙子一般，毫無意義。當然，以前確實有過一個時代，語言是無與倫比的溝通工具。……那時，我們充分運用語言，讓它在促進和平與相互理解中發揮卓越的貢獻。然而如今，語言卻不斷撕裂著我們的世界。每個人倚勢著自以為是的感性濫用、捏造、擴大、排除語言，最終，再也無人理解彼此所說的話。說出口的每一句話，都成了他人無法理解的自言自語。我相信語言的混亂，曾讓各位經歷巨大的困惑、傷害與痛苦。……但現在，各位已不再是犯罪者、受刑人，甚至不再是值得同情的人、**Homo miserabilis**。「**Homo miserabilis**」只是我為了讓世人更容易理解到各位的存在，基於權宜而想出的標語罷了。從今天開始，各位可以透過幸福的語言，重新定義自己。你們毋需受制於外界的規則及法律，請在這東京最美麗的地方，僅以幸福的話語，度過

**幸福的人生。這世上，再也沒有比這座塔更幸福的地方了。為了永遠守護這座幸福的樂園，請遺忘所有會招來不幸的負面話語。**

〔幸福學家當時的致詞深深地打動了我、讓我大受感動嗎？我想答案是否定的。然而，那天的賀辭成了他的遺言。我多次被人問起「他最後說了什麼」，以至於後來覺得這席話似乎至關重要。或許僅此而已。我常忍不住回想，甚至妄想一些不可能的情景。比如，要是當時我邀請他共進晚餐，他是否能因此活下來？只是這樣而已。至少，我想要如此相信。

〔每當我回憶起幸福學家的最後一席話，眼前總會浮現他在死前最後看到的光景。據說，被指控殺害幸福學家的那名男子，似乎普遍被世人認定為「假裝精神異常的反對塔興建案的偏激人士」。但我決定放下地面居民加諸在那名男子身上的一切標籤。取而代之，我將記憶中依稀殘留的千駄谷住宅區景象、命案報導的片段，以及被指控殺害幸福學家的男子的證詞，單純地拼湊在一起，構築成一幕幕影像：幸福學家站在入口大廳發表賀辭，贏得了Homo miserabilis熱烈的掌聲。

「實現了偉大夢想的幸福學家，全身浸淫在無比的幸福之中，步出高塔。城市滿盈著寧靜的春意，通往他位於千駄谷住家的道路，被耀眼的晚霞染成一片紅。他穿過帶給他畢生難忘的福音的競技場旁，走進巷弄，在熟悉的住宅區步行，抵達家門。然後，他發現庭院裡站著一名陌生男子。**庭院裡有棵樹，上頭的葉子美得我這輩子從未見過，因此我忍不住走了進來**。這是被指控殺害幸福學家的男子留下的證詞：

「**院子的主人出現了，我對他說：「不好意思，我從來沒見過這麼**

美的樹。能否讓我在這裡欣賞隨風搖曳的樹葉，直到夕陽西下呢？」然而，院子的主人卻突然大聲怒吼：「立刻滾出我的庭院！這裡沒有樹！你根本沒看到什麼樹！你該看的樹不在這裡！」他這番話讓我無比困惑，完全無法理解他在說什麼。因為樹就矗立在那裡，而我也的確看到了樹。我堅信，應該用我自己的眼睛，去欣賞樹上美麗的樹葉。

「只見院子的主人仍在嚷嚷著莫名其妙的話，我覺得自己被輕蔑了，內心很受傷。我對他說：「你是瞧不起我嗎？你可以說人話嗎？」接著，我們激烈地爭吵起來。與其說爭吵，更像是彼此在對著空氣大聲自言自語。直到最後，我已經聽不懂他到底想表達什麼。我們明明都說日語，但為何他不願以我能理解的方式說話呢？他的話，讓我感到一股無法遏抑的憤怒與深切的悲傷。

「不知不覺間，我撿起了堆在樹下的磚頭，朝院子主人的頭砸了

**過去。很快地，他再也不發一語，我終於打從心底放下心來。〕**

是因為盯著螢幕太久而眼花了，還是塔真的在搖晃？——萬一地震，逃生路線在哪裡？——突然間，身體搖晃就要傾倒般的感覺襲來，我忍不住閉上眼睛。我靜靜地忍耐了一會兒，不久後，晃動停止了。在眼皮底下的黑暗裡，我想起了接著還得上晚班，巡視Homo miserabilis是否都已熟睡。這就是我現在的工作。但我因為太過專心寫「傳記」，完全忘記了休息，眼下得先找個地方小睡片刻。現在幾點了？睜開眼，太陽已經西沉，黑漆漆的窗外和眼皮下的黑暗已無分別。如鏡的窗戶映照出擠滿了讀者的圖書館全景。我覺得飄浮在雨雲中的人們宛如天上諸神，但我從未見過天上的神明，這無疑只是在某時地聽來的別人的話語罷了。

就在這時，一股無法忽視的真實震動自心臟傳遍全身。我猛地起身，按住外套口袋裡震動的物體，快步朝圖書館出口走去。這裡雖擠滿了人，室內卻安靜得近乎不自然，只有機器低沉的運作聲響徹我的身體。那些人，同時看向聲音來源——是我的手機。他們是遵守塔內規約的「幸福的人們」，眼神裡淨是對規矩的捍衛：「吵死了」、「圖書館禁止奔跑」、「關掉手機電源」、「不要製造他人困擾」，那些目光無聲地散發出這些訊息。但我清楚，他們絕不會說出真正想說的每一句話。因為那些話語早已被他們所遺忘。所以，我既沒有關掉手機電源，也沒有放慢奔跑的腳步，甚至在禁止交談的區域接起了電話。

我聽見不在這裡的女人的聲音。

「拓人？」

■

**Sara：【我和你。我們同樣是人類，卻是截然不同的人。】**

**AI-built：【不，我和你並非同樣是人類。我是人工智慧程式，被設計來提供資訊和進行對話。你是自然的人類，是擁有感情和意識的存在。我們是不同的存在，具有不同的性質。】**

**Sara：【文盲。稍微懷疑一下自我的存在怎麼樣？】**

**AI-built：【建議人們懷疑自我的存在並不恰當。對於文盲人士，重要的是為他們提供教育和提高識字率的機會，並支持他們的自我成長與技能發展。懷疑自我的存在對任何人來說都有損於建立健康的自我評價，重要的是讓每個人都能肯定地接受自我。■】**

如果不質疑自我的存在，人類又該如何進化？

毫無批判的自我肯定，是不是太低估人類的潛能了？

「每個人」究竟是誰？你真的擁有會對你說真話的朋友嗎？

我將接踵而來的反駁、埋怨和挑剔都壓在心底，默默地以智慧手錶設定計時。課題。如何讓文字生成ＡＩ認知到自己是人工智慧，並懷疑這個前提？而且，它的懷疑並不是為了取悅我，而是基於ＡＩ自身的好奇心所萌生的質疑。要如何讓ＡＩ學習語言，才能實現這個目標？

算了，明天再說。明天，我會處理這個課題。明天的我一定會找到答案。現在，我要睡覺了。一旦下定決心要睡，只需將定時好的手腕輕輕放到床上，卸下手腕的力量，深深吐氣。我順利地失去了意識。這是我慣常的入睡方式，一種經過刻意訓練並持續多年，即使在無意識下也能依本能重複，為了完全掌控自己的身體而訓練出來的入睡方式。是為了不讓任何人將強姦合理化的入睡方式。是讓牧名沙羅仍然是牧名沙羅的入睡方式。我不會設定起床時間，而是計時八小時。一天中的整整三分之一，是我允許自己的睡眠時間。自從大學時用第一筆打工的收入買了智慧手機，計時這個行為便與我的入眠習慣緊緊綁在了一起。一旦睡著，除了設定好的震動外，沒有任何因素能驚醒我。

那天晚上，我沒吃晚飯，只灌下了一整瓶客房服務的葡萄酒，醉得很不舒服。但即便如此，也完全不妨礙我像往常一樣讓牧名沙羅安然入睡。在八小時後被手腕的震動喚醒之前，我像一頭在成長過程中未能發育出偵測危險能力的動物，維持著安詳的睡容與呼吸節奏。我要睡了。我睡著了。一直以來我都是這麼睡的，往後也會像這樣睡下去吧。我應該能睡。我非睡不可。我應該要睡。我只能睡。倘若要我給失眠者一個建議，那就是：「忘掉『睡不著』這句話。」我睡了。在塔收到炸彈威脅的夜晚，我睡了。在SARA MAKINA Architect收到炸彈恐嚇的夜晚，我也睡了。在收到針對牧名沙羅個人死亡威脅的夜晚、被陌生男子跟蹤的夜晚、被當面咒罵「去死」的夜晚，我依然安睡了八小時。因為，要抵抗單純的語言，在思考反駁的話語之前，我認為最應該做的，就是無論如何先好好睡上一覺。

我能睡得比任何人更完美。睡著時的我，宛如在深海中搖曳的海葵。我無法證明自己是海葵。因為我從未見過自己成為海葵的樣子。這樣的比喻或許對海葵不敬，倘若海葵因此抗議，我應該道歉。但身為在這世界以牧名沙羅的身分活了四十一年的人，要找出一個在水中隨波逐流、捕食浮游生物並隱密度日的生物來做比喻，除了海葵，別無其他選項。我不會訂正。海葵連做夢都不會。就算做夢了，也根本不會記得。一天之中有這樣的八個小時，牧名沙羅就像沒有意識的海葵般活著。要是日後有人為我立傳，這是絕對不容忽略的事實。假使「海葵」一詞成了審查對象，牧名沙羅的傳記便永遠不該出版。

八小時後，清醒的時刻到來。我的身體朝向太陽伸展，追逐光線，朝陸地挺進。那是個與水中截然不同的世界。我的意識漸漸轉變為陸地生物的狀態。很快地，我睜開了眼睛，彷彿從水面探出頭來。這時我第一次得知，世界似乎並非全然由水構成。現實並非全由不帶目的、意志，僅在水中漂蕩的事物組成。沒錯，我有目的，有意志，因此我能夠登上陸地。當我的眼睛捕捉到陸地的形狀、手觸摸到陸地的質地時，我感覺現實正迫不及待被我接納。這或許只是我的妄想，就算是誇大的妄想也無妨。離開水中這件事，受到遵循陸地規則與物理法則而生的人們所祝福。與此同時，我也明白了自己只是偶然降生於世、毫無必然性，沒有目的、也沒有意志的軟弱生物。我清楚自己的軟弱。其實，在那裡，我什麼都不用做。什麼都不做，也沒人有資格說三道四。我可不是為了服務人類而被開發出來的機器。我沒有義務在那裡努力行走、學習語言或賺取金錢。要變得幸福、還是不幸，都是我的自由。

然而，正因為沒有束縛，我渴望回應這片祝福我的新世界的期待。我強烈地渴望將偶然得來的一切力量，奉獻給住在那裡的人們。為什麼？我給不出理由。就像小時候的我解開複雜的算式，也給不出理由。那時，大人都驚嘆於我怎麼能解出那麼難的算式。他們問我原因，我只能回答：「因為我解得出來。」因為我就是知道，我就是看得見。不知幸或不幸，我天生如此。不，這談不上幸或不幸，牧名沙羅就是如此。在感覺我想要的一切應有盡有、並且都能得到的這個地方，還缺少了什麼。牧名沙羅知道這一點。為了創造出那個缺少的事物，她發誓要窮盡在陸地被給予的三分之二的時間。這就是牧名沙羅的睡眠與清醒。是牧名沙羅之外，任何人都不可能訂正的，牧名沙羅的睡眠與清醒。

我依照誓言，將早晨的幾小時用於蒐集資訊。到了正午，我走下大廳。仔細回想，上一次與人面對面交談已是半年前了。當時，我在東北鄉間漫無目的地旅行途中，走進一處不知名鄉下車站的髮廊，或者說理髮廳，看起來就是老闆娘一歸西便會立刻倒閉的那種店。我在那裡和拿剪刀的手抖個不停、光剪髮就花了半小時的老太太閒聊。老太太說，她讀小學的曾孫們正流行一種說法：「去同情塔」。她大概不知道，眼前正被自己剪髮的女客人就是那座塔的設計者。我按捺著內心的波動，對著鏡子附和。昨天我曾孫還對我說：「阿嬤要去同情塔。」是嗎？這是好事還是壞事？我哪知道現在的小孩在想什麼。這樣啊，可是說真的，老闆娘對同情塔有興趣嗎？那裡好像不用房租喔，還有室內游泳池。才沒興趣哩，那種大得夭壽的大樓，住一個禮拜人還不發瘋嗎？是嗎，會發瘋啊。對啊，會變成痟仔。痟仔？對，痟仔。痟仔。痟仔。

保險起見，我戴上了墨鏡，然而，大廳裡沒有半個客人，只有櫃檯人員以目光向我致意。馬克斯．克萊恩是個怎樣的人？我沒有上網查他的名字，也沒讀過他寫的文章。拓人只說他是「一個在美國被視為種族主義者的美國記者」。「偶爾也得跟活人說說話，不然會神經衰弱喔。」我接受了他好心的建議，但老實說，這並不是令人歡欣雀躍的活動。我一邊坐進沙發，一邊暗自希望對方索性爽約算了。

「Ms. Machina?」

朝著聲音望去，我看到一名獨占了世界相當大的容積——簡言之就是胖——的白人揚起一隻手，正走進飯店大廳。

「It's so insanely hot. I can't believe they actually held the Olympics in this city.」

「Oh, I'm so sorry. Well, it's not my fault.」我一邊起身一邊回應。為什麼每當有人埋怨東京的酷熱，我總忍不住替它道歉？戶外正下著傾盆大雨，雖然比烈日當空的東京要好得多，但那溼熱還是教人難以忍受。

馬克斯的身上散發著一股混合氣味，不知是剛吃了咖哩還是原本的體味。這股氣味帶著孜然、肉桂、汗水、雨水，以及某種莓果類香水的成分——是我絕對不會選擇的香水。我在空氣中確認了「有人在這裡」這件無法忽視的事實。

「我聽說妳曾以英語接受訪談，不需要口譯，對嗎？」

「不用，我在紐約的事務所待過十年，沒問題。請叫我沙羅就好。」

我放低墨鏡，看了一眼他藍色的眼瞳，隨即又戴回去。「我先前沒提，但訪談要在我住的客房進行，可以嗎？我不在其他地方談話。」

「當然沒問題。總之能見到妳，我不勝榮幸，沙羅。」

他主動要求握手，我禮貌地伸手回應。他的體溫和身在涼爽空調房裡的我差了五度之多。馬克斯的手汗轉移到我的手心。

「今早我才參觀了東京都同情塔。真是太棒了。我從來沒見過那麼美的建築。」

「每個人都這麼說。說蓋得太美了。」我厭煩地回應。這種評價我已經聽到耳朵起繭。「不過，你的日語發音還不錯。東京都同情塔。發音很標準。」

「謝謝。東京都同情塔，這名稱很棒。就像哈利波特的咒語一樣，讓人忍不住想唸出聲來。這是妳推廣的名稱。對吧？」

「對，是我推廣的，但這名字是拓人想到的。這大概是那座塔最大的成就。」

我們搭電梯上到十二樓，讓馬克斯進了客房後，我做的第一件事就是去洗手。「可以請你也洗個手嗎？」我說，他立刻反應過來，「啊，對喔」，隨即進了浴室，執拗地按壓洗手乳。

「難道我很臭？以前和日本女人交往時，常被嫌體味太重。」

「是啊。不過還在容許範圍內啦。洗個手就行了。」

「妳不覺得日本人對別人的體味太不寬容了嗎？其實，直美和京子都是因為受不了我的體味，才提了分手。要是讓妳覺得不舒服，我道歉。」

「這算不上壞事，只是東京溼度太高而已。」

馬克思配合地仔細洗了手，這讓我對他有了些許好感。我從冰箱裡拿出啤酒請他喝，倒進杯子後，與他乾杯。他將錄音機放在房間的小桌上，將塔發行的免費宣傳冊隨手放在一旁。《Sympathy Letter》夏季號，這期以文化活動為特集。封面是一張失焦的照片，照片中一名貌似Homo miserabilis的男子以東京的夜景為背影，正彈著木吉他。我想起聽拓人說過，塔內的音樂社團十分興盛。

「我住在飯店的事可以寫進去。」我說：「世人應該以為我早就像瀨戶正樹一樣被殺了，要不然就是孤單地死在路邊。但讓大眾知道我還活著也無妨。不過，請不要寫出能推測出地點的資訊，比如住在都內的飯店，或窗外可以看到同情塔。這樣會給飯店造成麻煩。除此之外，什麼都可以寫。」

「好，光是能聯繫上牧名沙羅，就是大獨家了。我絕對不會讓妳因此惹上麻煩。」馬克斯按下錄音機的按鈕。

「沙羅，首先我想請教，妳現在斷絕了一切與建築有關的工作，對嗎？完成同情塔之後，妳便澈底脫離了建築圈？幾年前妳關掉了事務所，不再公開露面，就是為了躲避反對塔興建案的偏激分子嗎？」

「對了，回答你的問題之前，我還有個條件。」

我轉頭看向窗外的國立競技場屋頂。在豪雨的無情沖刷下，屋頂的雄偉龍骨也大為失色，彷彿是個支撐不了自身重量而力竭倒地、無人能拯救的悲慘生物。

「我希望你在文章裡放進我對繪圖與建築之間差異的說法。或許你會覺得這與訪談的主題無關，但請務必放進去。

「〈我對繪畫不感興趣。我繪圖完全是為了激發構思建築物的靈感。我不想要只是看過情色作品，就自以為已經了解女人，心滿意足。我只想當一個**現實**的女人——可以實際觸摸、能夠進出的女人。人們在我親手打造的建築物裡進進出出，那種感覺爽透了。〉

「這就是牧名沙羅對於繪圖與建築的基本看法。就算有不恰當的形容，也請不要修改，直接照登。這非常重要。」

馬克斯用手抵著下巴沉默半晌，追尋我的視線般，看向競技場的屋頂，不禁讚嘆了一聲，靜靜地開口：

「妳剛才說的，當然可以原話照登。不過，為了避免造成讀者誤會，我想確認一下……我對建築一無所知，這個問題可能很蠢、很直接，但也就是說，對妳來說，繪圖就是情色作品，建築則是做愛，我這樣理解對嗎？」

「要如何解讀我剛才的說法，是你的自由。建築是做愛？這是來自馬克斯．克萊恩幾十年人生所累積的詞彙所生出的意象，對吧？對此，不論是牧名沙羅還是任何人，都無權置喙。」

「可是，如果直接放進文章裡，可能會引起嚴重的誤會。」

「馬克斯，對我來說，理解或誤會沒有多大的不同。你知道這幾年，我被一大堆連見都沒見過的人詛咒『去死』嗎？他們說：『攪亂社會的魔女，去死吧！』」

「我知道啊。我也天天收到一群豬狗不如的傢伙寄來的垃圾信。可是，那些只敢躲在網路後面，偷偷摸摸寫著死亡威脅、仇恨成癮的可憐蟑螂，根本沒什麼好怕的。」

「當然了。不過在天天被人詛咒『去死』的日子裡，我明白了一件事。聽到『死』這個字眼，有些人會覺得就像心臟被捅了一刀，有些人只當成命令句處理掉；也有人甚至會同情起那些仇恨成癮的傢伙，認為人生苦短，大可以說些更有意義的話。還有些人聽到『話語』，覺得就像風中樹葉的沙沙聲；也有人能將『話語』當成無聲的文字資訊來處理，對吧？我認為自己應該要做到這一切，無奈身體就只有這麼一具。你不也是嗎？最好別以為這樣的我們，有辦法透過話語真正彼此理解什麼。如果我的耳朵能和你的交換，那另當別論。我說『Wash your hands』，然後你去洗手，這樣我就心滿意足了。」

「原來如此。」馬克斯嘴上應著，但表情顯然仍有些困惑。他點了點頭，撫摸著手背上粗密的汗毛。

「你剛才的問題，」我拉回正題。「我現在不接任何建築相關工作，往後也不打算接。我已經喪失了這個資格……」

「媽的，難以置信！妳只是設計出一座他媽的了不起的塔罷了！妳不該活得這麼偷偷摸摸，像個避人耳目的罪犯。妳應該光明正大地回到建築界。」

馬克斯大大地展開雙臂，睜大眼睛，表現出符合美國人形象的誇張反應。他的舉動讓我一時之間感受到與他人共享時間與空間的純粹喜悅。拓人說得沒錯，看來我確實有必要與活生生的人多交談。不需要記住什麼哈利波特的咒語，說出能對他人的行動產生某些作用的話，這樣的狀態本身就令人愉悅。但他的誇張手勢帶動了空氣流動，將那股生理上令人不適的氣味送至我的鼻子前，我反射性地屏住了呼吸。

「如果我們能交換鼻子，」說到一半，我內在的小警總久違地甦醒了。小警總拉起了警報，似乎在提醒我：「即使是玩笑話，也不該提到別人的體味。」我立刻在腦中反駁它——但也許這個美國人知道如何和別人交換鼻子或嗅覺的方法。如果馬克斯真的能與我交換鼻子，親身體會日本女人的嗅覺是怎樣的感受，也許他往後能和日本女人維持更良好的關係。說不定有助於他的幸福。

小警總沉默了，似乎接受了這個論點。於是，我接著說：

「如果我們能交換鼻子，就能同時輕易解決好幾個問題了。」

訪談約兩小時結束。訪客離開後，我仍在瀰漫著他人體味的客房裡，進行著工作前以皮拉提斯起始、以真言結束的儀式。我調整呼吸，逐一輪播直到上一刻還在房間裡此起彼落的每一句問答，並在腦中將它們翻譯成日語。……我後悔蓋了東京都同情塔。……我很軟弱，我知道我的軟弱，卻無法控制我的欲望。……我不該協助那些自己無法發自真心認同的計畫。……我對什麼人類和平、人類尊嚴毫無興趣。……但我不想將這案子拱手讓人。……一切的錯誤，根本原因都在於我用話語蒙騙了自己的心。……從這個意義上說，我遭受社會抨擊是咎由自取。……因此，往後我不會再接受任何來自外界的工作邀約。……如果哪天我再次回歸建築，那必須是百分之百由牧名沙羅出資、百分之百基於牧名沙羅意志的建築。

我驗算了自己的回答，確保它們在另一種語言中依然保有原本的意義，並仔細驗證這些回答是否混雜了牧名沙羅以外的意志。如果有，那是誰的意志？又是基於什麼目的讓牧名沙羅說出口？每當遇到思考的極限，我就向 AI-built 提問，並對得到的答案繼續追問。在反覆的問與答中，天色漸漸暗了下來。視野一隅，國立競技場和東京都同情塔同時被燈光打亮。它們原本就被設計成如此，這也是我贏得競圖的理由，天經地義。但兩座巨型建築此刻顯得如此和諧，彷彿正親密地對話。聽著它們喁喁細語，我忽然不敢相信自己這女人已經在這世界活了四十一年。我強烈地感覺，從十四歲時的數學少女伊始，我便一直在做同樣的事。永遠在問與答之間徘徊，堆砌著一說出口就被浪濤捲走的話語，彷彿明天永遠不會到來。明明我無法決定浪濤何時襲來，也無法控制它的大小，我到底是在瞎忙些什麼呢？我是為了誰、為了什麼，讓牧名沙羅學會話語呢？陡然間，我感到萬分疲憊，闔上筆電，也關掉了大腦的電源。接著，我只是靜靜聆聽乾涸的喉嚨與空乏的胃，傳遞出渴望被餵飽的訊息。

我去了距離飯店徒步二十分鐘的青山的咖哩店，喝了兩杯精釀啤酒，吃了牛肉咖哩與咖哩麵包，然後折返。回來的路上，一早便下個不停的雨變得更加強勁，面對狂暴的風連撐傘都成了徒勞。神宮外苑的綠意間，只剩下我一人。我摘下鴨舌帽與墨鏡，視野被白茫茫的雨水吞沒，整個東京彷彿成了夢境，只有那座高塔將鈍重的天空一切為二，看似牢固地踩踏在現實的大地上。它那麼高嗎？我心不在焉地想著，卻無法將目光從它的完美移開。以衝破天際的氣勢向上延伸的塔頂隱沒在雨雲中，猶如一名心高氣傲的祕密主義者，在宣告時機尚未成熟，不願讓人類目睹它的全貌。從底層到頂端規律排列的窗戶透出的ＬＥＤ燈光，鋪天蓋地席捲了我的視野。它無限接近我在思考塔這種建築的造型與質地時所追求的正確答案。儘管如此，我卻並不為此滿足。我一點都不滿足——一旦將隱約感知到的事實訴諸話語，便再也無法回頭了。毫無疑問，塔是對國立競技場這個提問的完美回答。然而，我強烈地感覺到，在這個正確答案中，又隱藏著其他新的提問。這座城市還有應該被興建的建築，只是尚無人想像得出來，那會是怎樣的建築？什麼外形？什麼結構？其中蘊含什麼樣的思想？它會叫什麼名字？若說那座塔本身就是一個提問，那麼能回答它的，除我之外，別無他人。

在這股欲望的驅使下，我來到了同情門前。然而，圍繞御苑的已不再是過去生鏽的鐵柵欄，而是連一隻蟲子都無法穿越的密實混凝土圍牆。不可能翻牆偷溜進去。別說溜進去了，大門周圍站著數十名身穿雨衣的警察和警衛，森嚴地監視外頭。不曉得是這天塔內發生了什麼動亂，還是又收到了炸彈威脅，抑或這番戒備根本算不上森嚴，只是平時的光景罷了。打電話給拓人，他可能會帶著職員證到大門來接我，讓我進去。這個樂觀的想法讓我掏出手機，撥通了他的號碼。

「拓人？」

「牧名小姐？」

「嗯。今天我見了馬克斯・克萊恩。在外苑前的飯店。」

「啊，是今天啊。」

進入二十一世紀已經三十年，大部分的工作都被ＡＩ奪走了。但透過機器傳來的人聲，依然是透過機器傳來的人聲，毫無溫度。比起讓ＡＩ說話的口吻更接近人類的技術，這世界應該更需要連同呼吸遠距離生成活生生的人類嗓音的技術吧？聽著機器傳來的聲音，我腦海中飛快地計算起福至心靈的新技術點子可能帶來的經濟效益。

「是那家飯店嗎？那家飯店一樓餐廳的服務生……有個長得很像牧名小姐過世的堂弟……」

「對。但那個服務生已經不在了。」我一邊回答，同時仰起臉龐，望著遙遠的天際，那裡應是厚重雲層中塔頂所在的位置。「其實，我現在站在你家門前，連傘也沒撐，就快被強風吹倒了，很可憐吧？但大門周邊警衛太多，沒辦法闖進你家。」

「不可能啦，現在和以前不一樣了。」機器清晰地捕捉到拓人的笑聲。和我不同，他似乎身處在極為安靜的地方。

「平常警衛也這麼多嗎？好像連警察都來了。」

「警察？」

「嗯。光是同情門附近就有三十人吧。」

「這樣啊？我不曉得。平常應該沒那麼多，可能出了什麼事吧。」

今天不是我值班，我不清楚。」

「是不是又收到了炸彈威脅？要是收到炸彈威脅，你要負責讓塔內的人避難嗎？」

「對啊，我們會依照指引，安排塔內人員避難。不過，首先要確認是否為惡作劇。」

「如果不是惡作劇呢？」

「會暫時將所有人移送到國立競技場。這也做過避難訓練。」

「這樣啊。那我就放心了。……你現在在做什麼？」

「我在寫傳記。女建築師的傳記。」

「傳記？」我疑惑地反問：「原來你是認真的？」

「當然認真啊。但我沒寫過長篇文章，寫得很辛苦，一點進展也沒有……而且寫的全是關於我自己的不重要的事。」

「隨便輸入你知道的建築師事蹟，然後命令 built『改成傳記體文章』不就好了？」

「當然，我試過好幾次了。但我總覺得，那必須是透過我的眼睛看到的女建築師，否則就不能稱為傳記。雖然我也說不上來，但我的身體拒絕接受，它告訴我，ＡＩ生成的東西就是『不對』。住在我內心的審查者說，那不是傳記，只是文字。只是缺乏造型與質地的純粹垃圾文、Fucking文。」

「Fucking文？我心目中的拓人可不會說這種髒話啊。」

「是被馬克斯的口頭禪傳染了。傳染力超強。他根本就是公害、是病菌。」

「是你太乾淨了。」我想起滲透拓人身體的那股潔淨的皂香。「喂，你能出來一下嗎？讓我看看不是Fucking文的、出自你手筆的文字。」

「真可惜，我很想下去，但等一下要上夜班了，我還得巡邏塔。明天七點，我去妳住的飯店大廳，我們一起去樓下的餐廳吃早餐吧。」

「七點我還在睡，七點半可以嗎？」

「好啊，就七點半。」

「唔，你媽最近好嗎？」

「我不曉得她好不好，但她現在應該在塔的某個地方睡得很香甜吧。」

「太好了。那，明天見。」

「明早七點半見。」

掛斷電話後，我依然捨不得離去，仰望著塔，任憑雨點打溼我的臉龐。我在逐漸淹水的腦袋裡，想起了那些親手畫下的設計圖，想像著在塔內蜿蜒迴廊上行走的造型優美的男子。那身影令我愉悅到了極點，情不自禁地閉上眼睛。那一刻，我感到自己不再屬於任何事物的內或外。我自身就是構成內外的建築物，而懷抱著各自現實人生或感情的人們正進出著我。

我沉浸在無限放大的快感之中，看見它的到來。我幻視到塔的未來。未來無邊無際地在我的視網膜上展開。然而，那卻是極其平凡的未來。一個即便不是建築師、不曾設計過大型建案的人也能預測到的未來——東京都同情塔倒塌的未來。它可能在一分鐘後發生，也可能在一百年後發生。無論如何，塔終將倒塌。所有的建築物都終將倒塌，因為它們都是以會倒塌為前提而建造的。就如同所有人類都是以死亡為前提而誕生。塔有無數種倒塌和毀滅的方式。它可能因地球表面的板塊出現扭曲而自底部崩塌；可能因一架大型飛行物體水平撞擊而攔腰折斷；可能因天空投下的武器從上方擊潰；甚至可能因一隻從天而降的巨手隨意一揮便……

我在腦海中描繪著早已注定的塔的未來，同時感覺自己的雙腳緊踏地面，身體垂直朝向天空站立。我的思緒隨即開始預測：如果我繼續閉著眼睛站在這裡，這具身體將會如何倒下？強風可能會將我吹倒，連綿不止的雨可能會讓我淋溼頽倒，或是雨停後，盛夏的東京烈日將我曬得焦灼暈倒，看我不順眼的人也可能會跑來把我打倒，抑或是比我強壯的男人為了侵犯我而將我推倒，又或者，我因體力耗盡而不支倒地。我心想，索性就閉著眼睛站在這裡，直到真的倒下為止。就像是將腦海中的妄想一一掏出來，與大腦之外的現實世界對答案。

然而，就在此時，我眼皮底下的黑暗中，浮現了另一個全新的未來。

我不會倒下。我會就這樣永遠站立著。

我閉著眼睛站在這裡，恰好一名男子經過。男子看著我，心想：應該讓這個女人永遠站下去。我不知道他為什麼會冒出這般堪稱異常的念頭。也許男子憎恨牧名沙羅，想藉由讓我成為一個永遠站立的象徵，來警告這座城市的居民。又或者，他擁有某種怪誕的欲望，只是單純地想讓女人站著。不過，在這個居住著一千四百萬人口的都市裡，有這樣一個荒謬念頭的人並不稀奇。吉薩的金字塔、帕特農神廟，也不是基於每個人都能接受的理由而興建。肯定也有人為此感到困惑，為何要為了連存在都不確定的神明耗費如此龐大的時間和資源？站在未來的邏輯看，也可以說，所有建築物都可被視為愚蠢的破壞。從某個角度來說，無論是國立競技場還是東京都同情塔，它們的存在本身，就是毫無道理、不該興建、應該成為「未建築」的建築物。就如同人類出生並不需要任何煞有介事的理由，興建建築物，原本也沒必要強行編造出一套說法。

那名認為我應該站在這裡的男子，想到可以用模板框住我四周，從我的頭頂澆灌預拌混凝土。如此一來，我的存在就能與堅實的地面融為一體，永遠固定在這裡。我將不再受風雨侵襲，永遠矗立在穩固的地基之上。這並非不可能——任何能夠透過語言描述的事物，便已具備了實現的可能性。不管怎麼說，它已經發生在未來的詞彙之中。那名男子不僅擁有建築技術，還具備雕刻的天賦，在混凝土完全凝固之前，他重新塑造了它，使之與我的造型一模一樣，完成了一座牧名沙羅像。但他認為，閉著眼睛的我無法真正反映牧名沙羅的精神，也與他的美學相悖。於是，他為雕像加上了一雙惟妙惟肖的眼珠，與我真實的眼珠同樣美麗。這雙眼睛將永遠仰望著塔，再也不會低頭。然後，就像歷史上的重要人物——那些值得後世銘記的偉人身影——一樣，我的腳下也將掛起一塊匾額，上面寫著「仰望東京都同情塔的牧名沙羅像」。

不錯的興建方式。我甚至覺得，就這樣永遠站著也並無不可。

沒多久，圍繞著我的人們開始對我自言自語。他們各自試圖賦予我合適的形容詞。然而，他們到底在說什麼，我完全無法理解。我唯一知道的是，他們指著我的指尖，都在傳達同一句話：

「瞧！這個人！（Ecce homo.）[16]」

但如果我想回應他們的話，我該怎麼做？如果我想在這座城市行走，我該怎麼做？如果我發想出應該興建的新建築雛形，我又該怎麼做？

問號源源不絕地浸蝕著我的內在，濡溼了梁柱。於是，我不得不思考答案。我必須不斷地思考下去。直到何時？直到這具身體再也無法支撐。直到我填滿了話語的頭顱撞擊地面，天地翻轉為止。

16 譯注：語出《聖經》，羅馬帝國的猶太總督彼拉多向群眾展示被釘上十字架不久前受鞭笞的耶穌基督，如此說道。

作　者｜九段理江
譯　者｜王華懋

副社長｜陳瀅如
總編輯｜戴偉傑
責任編輯｜戴偉傑
特約編輯｜周奕君
行銷企劃｜陳雅雯、張詠晶、趙鴻祐
封面設計｜IAT-HUÂN TIUNN
內頁排版｜宸遠彩藝
印　刷｜前進彩藝有限公司

出　版｜木馬文化事業股份有限公司
發　行｜遠足文化事業股份有限公司（讀書共和國出版集團）
地　址｜231新北市新店區民權路108-4號8樓
電　話｜(02)2218-1417
傳　真｜(02)2218-0727
客服信箱｜service@bookrep.com.tw
客服專線｜0800-221-029
郵撥帳號｜19588272木馬文化事業股份有限公司
客服專線｜0800-221-029
法律顧問｜華洋法律事務所　蘇文生律師

初版一刷｜2025年1月
初版二刷｜2025年2月
定　價｜360元
ＩＳＢＮ｜9786263147911（紙本）9786263147881（EPUB）



國家圖書館出版品預行編目(CIP)資料

東京都同情塔/九段理江著；王華懋譯. -- 初版. -- 新北市：木馬文化事業股份有限公司出版：遠足文化事業股份有限公司發行, 2025.01　216面；14.8 X 21　公分
譯自：東京都同情塔　ISBN 978-626-314-791-1(平裝)　861.57　113020071